# 日めくり
# 子規・漱石

## 俳句でめぐる365日

神野紗希

# はじめに――子規・漱石と車座に

毎年、12月になると、あちこちの句会で必ず、夏目漱石を詠んだ句と出会う。12月9日は漱石の忌日で、「漱石忌」として歳時記にも載っているのだ。漱石の小説や人生から連想して、猫や教師、西洋風の素材などと詠まれることが多い。ほかの小説家の忌日を詠んだ句に比べて、漱石忌の句の数は圧倒的だ。漱石がこれだけ俳人に愛されているのは、正岡子規との交流をとおして、その人柄や文学の魅力が広く知られているからだろう。

子規と漱石の出会いは、第一高等中学校の学生時代。互いに創作を批評しあうなどして友情を深め、漱石が教師として松山に赴任した際には、愚陀仏庵で52日間の同居生活を送り、ともに句座を囲んだ。

子規は食べ漱石は読みつくつくし　紗希

学生時代から子規の死まで続いた二人の手紙のやりとりは、互いにしか通じないような冗談や、悩みを打ち明ける本音、相手を励ます言葉に満ちている。気のおけない友とは、こういう二人をいうのだろう。

愚陀仏庵で同居中のある日、子規と漱石は道後へ散策に出かけた。アラサーの男二人が、温泉の楼で茶を飲み、ぶらぶら散歩をし、芝居を見に行くなんて、どれだけ仲がよいのだ。その日、彼らが立ち寄った宝厳寺。現在、お堂はすっかり新しくなったが、山門は当時のままの趣を残している。１２０年ほど前に二人が座った石段に、私も一人こしかけてみる。視線の先には、松山城がよく見えた。

現代を生きる私にとって、松山城は町のシンボルであり観光スポットだ。だが、大政奉還の年に生まれ、新しい時代を生き抜かんとあがいてきた子規と漱石にとっては、かつての時代の名残の城は、また違ったふうに見えただろうか。山の上にちょこんと座る松山城を見やりつつ、二人は坂の上で、何を思い、何を語ったのだろう。

町ぜんぶ見える石段草雲雀　　紗希

人は関係性の中で自己を形成していく。子規と漱石も、互いに照らし合い、己の道を定めてきた。漱石は、病の苦しみに押しつぶされそうな子規を、俳句の添削を乞うたりしつつ励ました。そうして保たれた子規の明るさは、思索的な漱石を、ひらかれた文学の場へと引き出した。漱石は自分からそう積極的に手を伸ばすタイプではないし、子規には本来明るさが似合う。漱石にとって子規が、子規にとって漱石がいたことで、二人は二人らしくいられた。

この本は、子規・漱石生誕150年の記念に、平成29年1月1日から12月31日までの1年間、「愛媛新聞」で連載した「日めくり子規・漱石」をまとめたものである。子規と漱石、二人の俳句を中心に、柳原極堂や高浜虚子など、彼らを取り巻く俳人たちの句と毎日対話した。子規の声、漱石の声、にぎやかな句会の声が聞こえてくるようだ。新しい時代をみずみずしく生きた、彼らの声に耳を澄ませてみよう。きっと、十七音が語りかけてくれるはず。

車座の声のあかるき蜜柑かな　　紗希

神野紗希

# 目次

○夏目鏡子　なつめ・きょうこ（本名：きよ）
明治10年７月21日～昭和38年４月18日
広島県福山市生まれ。貴族院書記官長・中根重一の長女。漱石との間に２男５女（筆子、恒子、栄子、愛子、純一、伸六、ひな子）

# 一月

晩冬

漱石の妻・鏡子

## 詩を書かん君墨を磨《す》れ今朝の春

漱石

1月1日

さあ詩を書こう、君よ、墨を磨って用意してくれ。「書かん」と決意を示し「磨れ」と呼びかける力強さに、新年を迎えた志がみなぎる。馥郁《ふくいく》たる墨の香りが、詩心のみずみずしさを予感させもして。

漱石は、松山時代の下宿・愚陀仏庵《ぐだぶつあん》での子規との同居を通じ俳句にはまり、子規に俳句を送っては批評を請うた。この句もその送稿の一句。「君」を新婚の妻とみる説が一般的だが、子規の横顔を重ねてもいい。漱石にとって俳句は、子規との共同の詩だった。

（明治30年）

## 蒲団《ふとん》から首出せば年の明けて居る

子規

1月2日

眠りから覚め、くるまった布団から顔を出すと、いつの間にか元旦。ああそうか、新しい年が来たんだ。満を持して迎えるべき正月を、ふだんと変わらぬ朝のように迎えたことで、とぼけた味わいが出た。自然体で迎える正月もある。「首出せば」の姿も滑稽だ。ひょこっと、亀のように、顔をのぞかせる子規さん。病臥《びょうが》の身だから布団から動けないのは当然だが、寒くて布団から出たくない気分ともとれて、親しみの湧く新年詠である。

（明治30年）

## うつむいて谷見る熊や雪の岩

子規

1月3日

雪の積もった岩に熊が立ち、谷底を覗《のぞ》き込んでいる。その足元の危うさよ。

明治29年の今日、東京・根岸の子規庵で初句会が開かれ、子規と漱石は、高浜虚子や河東碧梧桐、森鷗外らと句座を囲んだ。子規の句は「うつむいて」を入れて冬の季語で詠む、という一風変わった題の産物。漱石は〈うつむいて膝にだきつく寒哉《さむさ》〉と、孤独な人間の姿を詠んだ。自然という外部を見つめた子規と、人間の内面を見つめた漱石の、対照的な二句である。

（明治29年）

## 雑煮くふてよき初夢を忘れけり

子規

1月4日

花より団子、夢より雑煮。おいしい雑煮に喜んで、初夢を忘れたとは、健啖家《けんたんか》の子規らしいとぼけぶりである。初夢が未来の啓示だとしたら、雑煮は眼前の現実だ。見終わった夢も、来たるべき未来もさておき、目の前の雑煮に没入する子規の、今この瞬間を愛する姿勢が快い。

晩年の子規に『初夢』という散文がある。彼はその年の初夢の中で、なんと「松山流白《しろ》味噌《みそ》汁の雑煮」を頬張っていた。忘れた初夢の内容も、さては雑煮か。

（明治31年）

正月の男といはれ拙《せつ》に処す　漱石

「拙」は、中国の詩人・陶淵明《とうえんめい》の漢詩に示された生き方で、世渡りが下手で愚直であることを良しとする姿勢だ。漱石はこれを気に入って、彼の思想の核とした。「親譲りの無鉄砲で小供の時から損ばかりしている」坊っちゃんも、拙に処した一人。

さらに旧暦1月5日は漱石の誕生日。正月の男、つまり「おめでたい人だ」と皮肉を言われているのだ。その皮肉にうまく返せなかった自分を「拙に処す」と積極的に肯定した。漱石31歳の一句。

（明治31年）

1月5日

初《はつ》鴉《がらす》東の方を新《にい》枕《まくら》　漱石

明治31年の今日、漱石から新婚の高浜虚子へ、この祝句を添えた手紙が届いた。初鴉は元旦の鴉、新枕は男女が初めて共に一夜を過ごすこと。東という方角は、太陽が昇るエネルギーの源なので、枕を東へ向けて寝ると、向上や成長が促されるという。新婚の2人の未来の発展を願う句だ。

子規によって出会った虚子と漱石。のちに虚子の勧めで書いた『吾輩は猫である』によって、漱石は小説家としての一歩を踏み出すこととなる。

（明治31年）

1月6日

## 寒けれど富士見る旅は羨《うらや》まし　子規

１月７日

完璧な旅、たとえば「暖かく富士見る旅」ならうらやましいのは当たり前だが、この句は「寒けれど」が眼目。寒さという欠点を補って余りある、富士の美しさが夢想される。英語教師として松山に赴任中の明治28年の年末、帰京した漱石は見合いをし、妻・鏡子と出会う。年明け7日、朝8時の汽車で松山へ戻る漱石を、鏡子は母と見送った。朝寝坊の子規は来られず、後から届いた言い訳のはがきにこの句があったとは、鏡子の証言。

（明治29年）

## 草の戸の此処《ここ》をおもてに松飾《まつかざり》　柳原極堂《きょくどう》

１月８日

草の戸とは簡素なわび住まいのこと。かの芭蕉の『おくのほそ道』の旅も〈草の戸も住《すみ》替《かわ》る代《よ》ぞひなの家〉から始まる。栄達を求めず、言葉と季節と共に暮らす、俳人の矜持《きょうじ》が表れた語だ。表玄関も裏口もないようなわび住まいでも、松飾りをかけて新年を祝おう。どこでもない「此處」に堂々と立つ清《すが》しさよ。不偏不党を掲げて伊豫日日新聞を発行、友人・子規の顕彰に尽力し、清貧を貫いた極堂らしい新年詠だ。平成29年、子規・漱石とともに、彼も生誕１５０年を迎えた。

（『草雲雀』）

## 今年はと思ふことなきにしもあらず

子規

1月9日

松山の子規記念博物館で居合わせたカップルの会話。男「なきにしもあらず?」、女「ないこともない、今年こそはと思うことがあるんよ」、男「素直に、あるっていえばええのに」、女「恥ずかしいやん。私やって今年の抱負聞かれたら、真面目に答えるの、ちょっと照れるわ」。この句を詠んだ前年の明治28年、日清戦争従軍の帰路に大量喀血《かっけつ》し、療養を余儀なくされた子規。どれだけできるか分からないが、今年こそはと心に抱く思いがある。30歳、而立《じりつ》の年始の、含羞《がんしゅう》と矜持《きょうじ》の句。

(明治29年)

## 蓬《ほう》萊《らい》の歯《し》朶《だ》踏みはづす鼠《ねずみ》哉

子規

1月10日

正月の蓬萊飾りの上に、ちょろりとネズミが現れた。祭られた昆布や穂俵などを物色し、歩みは歯朶の葉の上へ。身軽なネズミでも、ひらひら垂れた歯朶を歩くのは至難の業だ。「おっとっと」、踏み外して体勢の崩れた瞬間を子規は見逃さなかった。コミカルで愛《あい》嬌《きょう》のある、人間的なネズミだ。さて、スローモーションでもう一度。

病臥《びょうが》の子規にとって、友の来訪は本当にうれしいものだった。心を寄せて詠んだこのネズミもまた、草庵を訪《と》う客人なり。

(明治32年)

# 山里は割木《わりき》でわるや鏡餅

漱石

今日は鏡開き。供えていた鏡餅を下げ、雑煮や汁粉にして食べる日だ。年神様の力が宿った鏡餅をいただくことで、一年の無病息災を願う。餅を包丁で切ると切腹を思わせるため、木槌《きづち》で割るのが一般的。

割木とは、細かい薪《まき》のこと。鄙《ひ》なる山里では、わざわざ木槌を出さずとも、その辺の割木でもって鏡開きをするのだなあ、と都会人らしく驚いてみせた。「や」の切れ字に感動がこもる。シンプルに暮らす、里人のたくましさが眩《まぶ》しい。

（明治29年）

1月11日

# 東風《こち》や吹く待つとし聞かば今帰り来ん

漱石

「待つとし聞かば今帰り来ん」は、『百人一首』の在原行平の歌の下の句を、そのまま引用した。私の帰りを待つと聞いたなら、すぐに帰ってこよう。都から因幡へ赴任する行平の離別の思いに、年始の帰京を終えて松山に戻る己の境遇を重ねている。

子規がくれた送別の漢詩に応えて、漱石は漢詩とこの句を返した。漢詩の方は、冬の寒空や雪を通して己の人生の頼りなさを嘆くものだったが、末尾に添えたこの句には、春を告げる希望の東風が吹く。

（明治29年）

1月12日

## 初芝居見て来て晴着《はれぎ》いまだ脱がず

子規

「初芝居」は新年の季語で、正月に行われる歌舞伎などの芝居興行を指す。新春らしい華やかな演目、劇場の美しい正月飾り、観劇の女性たちのとりどりの晴着…。非日常の空間で、存分にめでたさを味わい、夢見心地で帰宅したのだ。

「いまだ脱がず」の字余りが、観劇の余韻を物語る。その余韻を手放すのがもったいなくて、なんとなく晴着のままでいる気分、分かるなあ。日常が動きだすまでの、甘やかなエアポケットの時間。

（明治33年）

1月13日

## 小説を草して独り春を待つ

子規

小説を書き終えた余韻に、頬杖《ほおづえ》でもして外を眺めているか。空はもうすぐ春。小説の感想を期待する心が、春を待つ心に重なる。「草」の一字に、土中で春を待つ、草の芽の生命力を思ったりもして。

明治25年の今日、夕刻に東京・喜久井町の漱石を訪ねた子規は、当時執筆中の小説「月の都」の話をして、そのまま漱石の家に泊まった。翌朝は一緒に登校、手ぶらの子規のため、漱石はノートを買って渡した。2人とも、前途茫々《ぼうぼう》たる学生であった。

（明治31年）

1月14日

1月15日

# ストーヴの燃え始めけり福寿草《ふくじゅそう》

柳原極堂《きょくどう》

ストーヴの火の赤と、そばに咲く福寿草の黄だ。二つの暖色に心が温《ぬく》もる。福寿草は新春の花、新しい年に新たな志の火も灯《とも》して。極堂、還暦を超えての作。子規の〈煖炉《だんろ》たく部屋暖《あたたか》にふく寿草〉を懐かしんだか。明治30年の今日、志に燃えた極堂は、子規を後押しするため、松山で俳誌「ほとゝぎす」を創刊する。子規も応えて俳句革新を推進、後には『吾輩ハ猫デアル』が掲載され小説家・漱石の誕生の場にもなる。極堂は、子規の、漱石の、みんなの〝家〟を建てたのだ。

（『草雲雀』）

1月16日

# 東西南北より吹雪哉

漱石

声に出して読んでみてください。「とうざいなんぼく」と音読みすると、字足らずでリズムも悪い。そこで見方を変えると、はたとひらめく。「ひがしにしみなみきた」、これでぴったり五七五。

子規は俳人・漱石を「活動的、奇想天外、滑稽思想」と評したが、この句などまさに、読者をアッと驚かせてくれる。東西南北、全方位から吹きつける吹雪の激しさを、簡潔に大胆に表現した。吹雪の中心に、受け止める人間が存在してこその句だ。

（明治28年）

## 無精さや蒲団《ふとん》の中で足袋《たび》をぬぐ

子規

ああ、分かるなあ。寒いので、布団の中に入ってから、もぞもぞと靴下を脱ぐ感じ。晴れた翌朝、布団を干そうとすると、脱いだ靴下がころりと転げ出たりして。ちなみに、布団も足袋も冬の季語。

「無精さや」と嘆いてみせながら、己のぐうたらぶりを、包み隠さず正直に詠み上げた。かっこ悪いところも見せるのが、俳人のかっこよさ。ダメな私も肯定してくれるのが、俳句の懐の深さ。失敬、という子規の声が聞こえてきそう。

（明治28年）

1月17日

## 水《すい》仙《せん》の花鼻かぜの枕元

漱石

鼻風邪をひいて、布団でうつらうつら。寝返りをうてば、枕元には水仙の花が。すっくと伸びた茎や白い花びらは美しいが、いかんせん鼻が詰まっていて、水仙の最大の魅力である香りが全く分からない。清々しいようで、トホホな句である。「水仙の花（が）鼻かぜの枕元（に活《い》けてある）」と全て説明せずとも、助詞や動詞を省き、必要かつ最適な単語を軽快に並べ、情景を鮮やかに立ち上げた。きびきびと無駄のない言葉運びが快い。

（明治30年）

1月18日

1月19日

初暦好日三百六十五
村上霽月《せいげつ》

新年のカレンダーに、まっ白な日付が眩《まぶ》しい。来る365日、全てが良き日であれ。漢字のみで引き締めた、願いの句だ。霽月は子規・漱石の句友。松山・西垣生の生家近くの三島神社には、この句碑が立つ。

昭和18年の今日、柳原極堂、霽月らが松山子規会を結成した。以後、子規の月命日19日に毎月例会を開き、現在まで顕彰の火は絶えない。霽月は子規を「肺の肉の最後の半オンス心臓の血の最後の一オンスになるまで」文学者の天職を尽くしたと称《たた》えた。

（『霽月句集』）

1月20日

薬のむあとの蜜柑《みかん》や寒の内
子規

苦い薬が嫌なのは、今も昔も子どもも大人も同じ。口直しに蜜柑をぱくり。春の待ち遠しい寒の内、蜜柑の甘さ明るさに、ふるさと伊予の日向《ひなた》を思い出す。

母・八重は、小学生の子規が祖父・大原観《かん》山《ざん》の宅へ漢文を学びに行く朝を、こう振り返る。「暗いうちに起《おこ》しますから、なかなか起きませんので、毎朝毎朝蜜柑やお菓子を手に持たしては目をさまさせます。さうせんと起きませんのよ」。子規のパワーの源は、幼い頃から食欲なのだ。

（明治35年）

## 累々と徳《とく》孤《こ》ならずの蜜《み》柑《かん》哉

漱石

「徳孤」とは、『論語』の「徳は孤ならず必ず隣有り」から。徳を備えた人は、真に孤独ではない。高潔さや実直さが敬遠されても、必ず隣人＝理解者が存在する。孤独を恐れるな、正しい道を行け。そんな高尚な人生訓を、日常代表の果物・蜜柑の描写に用い、滑稽味を出した。累々と積まれた蜜柑を、徳の高い人とその理解者たちに見立てるとは。〈同化して黄色にならう蜜柑畠《ばた》〉は同時作。蜜柑になりたい漱石は、人間の孤独に疲れていたか。

（明治29年）

1月21日

## 筆ちびてかすれし冬の日記哉

子規

ちびた筆も、命をすり減らし書く子規も、満身創痍《そうい》だ。そんな冬に、それでも書く日記であるぞ。「哉」の切字に力が宿る。

新聞「日本」の古島《こじま》一雄は、体調を崩した子規の病状を心配し『病牀六尺』を休載した。すると子規から手紙が届く。「僕ノ今日ノ生命ハ『病牀六尺』ニアルノデス」「今朝新聞ヲ見タ時ノ苦シサ　病牀六尺ガ無イノデ泣キ出シマシタ　ドーモタマリマセン」。胸打たれた一雄は、毎日の連載を約束。原稿は死の2日前まで書き継がれ掲載された。

（明治33年）

1月22日

1月23日

# 乾鮭《からざけ》と並ぶや壁の棕櫚箒《しゅろぼうき》

漱石

冬の室内を淡々と写生した、和風静物画の趣だ。乾鮭とは、鮭のはらわたを除いて陰干しした、冬の保存食。肉の軟らかさは失われ、カラッカラのカッチコチ。そんな乾鮭が、棕櫚箒と並んで、すっくと壁に吊《つ》られている。棕櫚箒も、もとは棕櫚の樹皮として生きていた欠片《かけら》だ。かつて命だった乾鮭や棕櫚箒がすっかりモノ化したさまを、漱石はなずんだ日常の中から発見した。二者をぶっきらぼうに並べたことで、荒涼たる冬の気分が漂う。

（明治28年）

1月24日

# 雪の日や火燵《こたつ》をすべる土佐日記

漱石

しんしんと雪降る日、家にこもってこたつで『土佐日記』を読んでいる。蛍の光、窓の雪。勤勉に過ごすはずが、こたつのぬくさについうとうと。読みかけの本は手からすべり落ち、漱石先生は眠りに落ちた。

紀貫之の『土佐日記』は、赴任先の土佐から京へ帰る道中をつづった日記文学だ。一方、漱石の句は松山赴任中の作。都を離れ、四国の地で職にいそしむ、2人の境遇が重なる。人間の動作が描かれないことで、うたた寝の静けさが出た。

（明治28年）

寒からう痒《かゆ》からう人に逢《あ》ひたからう

子規

明治30年の今日、天然痘で入院中の河東碧梧桐へ、子規は見舞いの手紙を書き、この句を添えた。背中をさすってやるような優しい言葉。子規は病臥《びょうが》のつらさがよく分かるのだ。碧梧桐が1カ月の入院を終え、親友・高浜虚子と同居中の下宿に戻ると、親しかった下宿屋の次女・いとの心は、虚子に傾いていた。そういえば、漱石『こころ』の先生と友人Kも、同宿の下宿の娘をめぐる恋敵だったなあ。虚子といとは6月に結婚、碧梧桐は傷心の旅に出る。

（明治30年）

1月25日

職業の分《わか》らぬ家や枇杷《びわ》の花

子規

あの家は銀行へお勤め、そこは蜜柑《みかん》農家、でもあちらは…。住む人の職業が分からぬ家は、いぶかしく気になる。大きな葉を鬱蒼《うっそう》と茂らせた枇杷の木が、覗き込む視線を遮断して、謎は深まるばかり。

芭蕉の〈秋深き隣は何をする人ぞ〉も同じモチーフの句。隣人は何を生業《なりわい》にする人なのだろう。深まる秋の寂しさが、人懐かしさを駆り立てる。よそから見れば、昼夜問わず出入りの多い東京・根岸の子規庵も「職業の分らぬ家」であったろう。

（明治33年）

1月26日

# 風に聞け何《いず》れか先に散る木の葉

漱石

ボブ・ディランが「答えは風の中」と歌う半世紀前、漱石は「風に聞け」と静かに言い放った。木の葉の散る順番は風次第。人間の運命も、同じく分からない。

明治36年の今日、漱石は東京・田端の大龍寺にいた。眼前の白木の角柱には「正岡常規墓」とある。英国留学中に世を去った子規の墓参りだった。花も水も手向けず、子規の面影を思い、ただ墓を3周して去った。どの木の葉もみな散りうせた、冬の終わりだった。

(明治43年)

子規の墓=東京・田端の大龍寺

## 年玉を並べて置くや枕もと

子規



うれしくて、お年玉を枕元に並べて眠る。子どもの姿と思いきや、子規の自画像だ。

『墨汁一滴』今日の日付のページには、この句とともに、同郷の門人・寒川鼠骨《そこつ》から子規へ贈られた年玉の話が。本来、新年の贈り物を総じて年玉と呼ぶのだ。子規は贈り物の極意として、実用品は賄賂になりうるので、実用以外の物が気安くてよいと述べる。さて鼠骨からの年玉は、三寸の地球儀、大黒のはがきさし、夷子《えびす》の絵はがき…。こまごまと実に楽しい物たち。

（明治34年）

## 初夢や金も拾はず死にもせず

漱石



同級生だった子規と漱石は、明治22年1月に親しくなった。きっかけは共通の趣味・寄席。この句も落語「芝浜」を思う。魚屋の主人は大金を拾うが、翌朝、その財布が見当たらない。酒に酔った夢だと女房に諭され、心を入れ替えて仕事に精を出す。3年後の大みそかに大団円を迎える噺《はなし》だ。一方、漱石自身の日常は、大みそかを過ぎても代わり映えせず、初夢の中ですら何も起きない。退屈を嘆きつつ、平凡を肯定する思いもあるか。

（明治28年）

## 蠟《ろう》燭《そく》の涙も氷る寒さかな

子規

蠟燭から溶けて流れ出た蠟を、涙に見立てて蠟涙《ろうるい》という。熱い蠟涙も氷ってしまうほどの寒さ、厳しい冬だ。

実はこの句、新聞「日本」の俳句時事評欄にある。当時の農商務次官・前田正名《まさな》が、役人に夜業を命じたのを、記者・子規が風刺したのだ。国のためにと夜業をさせて蠟燭代は誰が出すのだ、とからかった文章の後に、蠟涙と、働く人間の涙を重ねて詠んだ。俳句で世相を切る。俳人かつジャーナリストである子規ならではの記事。

（明治25年）

1月30日

## 古《こ》往《おう》今《こん》来《らい》切って血の出ぬ海鼠《なまこ》かな

漱石

漱石は、海鼠の得体《えたい》の知れなさを、血液を持たない点から切り出した。血とは、熱意や愛情の象徴だ。血の通わない海鼠、なんちゃって。ちなみに古往今来とは、昔から今までずっと、という意味。

漱石は『吾輩ハ猫デアル』で「始めて海鼠を食い出《いだ》せる人は其《その》胆力に於《お》て敬す」と書く。グロテスクな海鼠を食べようとした、人類初の挑戦者が、刃を入れた瞬間を思っての「古往今来」かも。たかが海鼠に、大げさな口上がおかしい。

（明治30年）

1月31日

## 子規と漱石、2人のなれそめ

子規が正岡常規であり、漱石が夏目金之助だったころ、2人は東京大学予備門で知り合った。同級生の二人は、趣味の寄席通いがきっかけで親しくなる。数カ月後の5月に子規は喀血し、結核だと判明。このときから、啼いて血を吐くホトトギス＝「子規」の号を使い始めた。一方、漱石も同じ5月、子規の文集『七草集』の評に「漱石」と署名する。常規が子規に、金之助が漱石になった……希代の文学者・正岡子規と夏目漱石が誕生したのは、明治22年5月、同じ月の出来事だったのだ。

『七草集』に刺激を受け、漱石は文集『木屑録』をまとめる。子規は「余の経験によるに英学に長ずる者は漢学に短なり　和学に長ずる者は数学に短なりといふが如く　必ず一長一短あるもの也独り漱石は長ぜざる所なく達せざる所なし」（「筆まかせ」）と、英語も漢詩も達者な漱石に感心し「畏友」と呼んだ。漱石が後に「一体正岡は無暗に手紙をよこした男で、其に対する分量はこちらからも遣った」（「正岡子規」）と語るように、2人は多くの手紙をやりとりし、友情を深めていく。

子規と先生とは互に畏敬し合つた最も親しい交友であつたと思はれる。併し、先生に聞くと、時には「一体正岡といふ男はなんでも自分の方がえらいと思つて居る、生意気な奴だよ」など、云つて笑はれることもあつた。さう云ひながら、互に許し合ひなつかしがり合つて居る心持がよく分かるやうに思はれるのであつた。

（寺田寅彦「夏目漱石先生の追憶」）

○秋山真之　あきやま・さねゆき
慶応４年３月20日～大正７年２月４日
松山市生まれ。松山藩士・秋山久敬の５男。子規に刺激され上京、東京大学予備門に進むも海軍兵学校に転じ、海軍軍人に。陸軍軍人の秋山好古は三兄

# 二月

初春

秋山真之

## 2月1日

# たとふれば独楽《こま》のはぢける如《ごと》くなり

高浜虚子

今日は河東碧梧桐の忌日。この句はライバル虚子による追悼句だ。君と僕、たとえるなら、正月遊びの独楽がぶつかっては弾《はじ》けるような、親しくて刺激的な関係だったたねえ。

子規門の双璧と呼ばれた2人は、松山中学からの同級生だ。進学も一緒、下宿も一緒、子規の看病も一緒。子規の死後は俳句観の違いから対立したが、旧知の2人には、それも独楽遊びの延長だったたか。子規に放たれた二つの独楽が、俳句の世界をより広く深くした。

（昭和12年）

## 2月2日

# 白金に黄金に柩《ひつぎ》寒からず

漱石

死は心理的な寒さを感じるものだが、白金黄金をちりばめた柩なら寒くない、と転じた。「寒さ」には「懐が寒い」など、貧しいという意味もある。豪奢《ごうしゃ》な柩はまさに「寒からず」。富と権力を象徴する絢爛《けんらん》の柩が、死のむなしさより、在りし日の威厳を物語る。

明治34年の今日、英国留学中の漱石はヴィクトリア女王の葬儀を見に出た。時代の転換点、人だかりで葬列が見えぬ漱石を、同行の下宿の主人が肩車。やっと柩が見えてこの句ができた。

（明治34年）

## 節分やよむたび違ふ豆の数

子規

節分には、年の数だけ煎《い》り豆を食べるのが習い。手にのせて、ひいふうみいよ…。子どもの年齢なら数え間違うこともないが、大人になると大変だ。数えるたび違う数字になって、なかなか揃《そろ》わない。こういうことって、豆に限らず、ある。

〈せつぶんや親子の年の近うなる〉は同時作。親と子の年齢が近づくのは、すでに親が他界したから。福豆を数えるとき、ふと親の死の齢《よわい》を思ったか。子規の父・常尚《つねなお》は38歳で病死、子規4歳の春だった。

（明治25年）

2月3日

## 不生不滅明けて鴉《からす》の三羽かな

秋山真之《さねゆき》

今日は司馬遼太郎の小説『坂の上の雲』の主人公の一人、海軍軍人・秋山真之の忌だ。子規とは松山時代からの親友で、上京して同じ下宿に住み、真之と子規と柳原極堂と連れ立って寄席に遊んでは、夜を徹し勉学に励んだ。これは辞世の句。不生不滅は仏教用語だ。一人の生も死も、より大きな命の一時のありようにすぎないから、私が死んだとて、ただ形を変えるだけで滅して無くなりはしない。暁の空へ立つ鴉は、激動の時代を駆けた真之、子規、友人らの魂か。

（大正7年）

2月4日

## 弦音《つるおと》にほたりと落《おち》る椿かな

漱石

2月5日

「ぼたり」は重すぎるし、「ぽたり」だとあっけない。「ほ」でふわりと空気をはらみ、「たり」でしっとり地面に着く。独特のオノマトペで、椿の花の質感をいいとめた。「に」でつなげることで、矢を放った弓の弦音と、椿が散ったこととの関連性が強まり、運命的な瞬間となった。

子規宛ての手紙に「弓の稽古に朝夕余念なく候」と書き、添えられた句だ。漱石は大弓が趣味で、松山の愚陀仏庵《ぐだぶつあん》の座敷にも、常に一張の大弓が鎮座していたという。

（明治27年）

## 春寒く痰《たん》の薬をもらひけり

子規

2月6日

痰切りの薬として贈られた、かりんの砂糖漬けを詠んだ。病臥《びょうが》の自分を思う人の心がうれしい。同じ頃、熊本の漱石からも金柑《きんかん》が届く。金柑も喉に効くのだ。そのあまりの大きさに、子規庵に集った人々は驚いた。内藤鳴《めい》雪《せつ》はひねり回して見て「金柑じゃ」と認め、叔父の藤野漸《すすむ》は「金柑じゃない」と否定し、子規は「熊本だから大きく育つ、この金柑を寒い所へ植えると小さくなる」と推察。漱石の贈り物が、春寒の子規庵を明るくにぎわせた。

（明治33年）

2月7日

# 蓮《れん》花《げ》草《そう》我も一度は小供《こども》なり

子規

ロックバンド「THE YELLOW MONKEY」の名曲「JAM」にも「偉い発明家も凶悪な犯罪者もみんな昔子供だってね」という一節が。そう、みんな「一度は小供」だった。大人になった我は、れんげ草をなつかしく見やりつつ、風を切って生きていく。

この句を詠んだ年、大学生の子規は哲学科から国文学科へ転科。不治の病に政治家の夢を諦め、早世でも一家をなせる文学者を志した。もう子供ではない子規の、人生を見つめた選択だった。

（明治24年）

第一高等中学校時代、
学生服姿の子規
（松山市立子規記念博物館蔵）

2月8日

# 消《きえ》にけりあわたゞしくも春の雪

漱石

〈春の雪あわたゞしくも消にけり〉では時系列のままで芸がない。顚末《てんまつ》から書くことで、慌ただしく降って人を困らせても、結局は消える春の雪の儚《はかな》さを強調した。

この句の約30年後、子規、漱石の句友で松山・西垣生に住む村上霽月《せいげつ》の句会に、近所の中学生が顔を出す。のちの石田波郷だ。彼の名吟〈春雪三日《しゅんせつみっか》祭の如《ごと》く過ぎにけり〉は漱石の句と同じモチーフ。春雪をにぎやかで楽しい祭りにたとえる捉え方は、雪の珍しい松山の人ならではでは。

（明治29年）

2月9日

# 蝶飛ブヤアダムモイブモ裸也

子規

聖書に登場するアダムとイブは、蛇にそそのかされて禁断の知恵の実を食べ、神の楽園を追われることに。知恵の実のせいで、裸でいることが急に恥ずかしくなり、いちじくの葉で腰を覆って隠した。

この句の2人はまだ裸也。知恵の実を食べる前、蝶の舞う楽園で暮らしていた、失われた幸福を思う。絵画が好きな子規だから、宗教画を目にする機会があったのかも。蝶のまとう光が、アダムとイブの肉体の眩《まぶ》しさを、強く輝かせる。

（明治35年）

# 猫知らず寺に飼はれて恋わたる

漱石

春の季語「猫の恋」をほぐして仕立てた一句。猫は、そこが寺とは知らずにのほほんと飼われ、春になれば一生懸命恋をする。僧侶が厳粛に経を上げるのを横目に、激しく鳴いて恋人を求めるさまは、いかにもそぐわず、何ともおかしい。色恋は執着のもとと考える禅寺で、修行経験のある漱石。猫の自由を眩しんだか。

送られた句稿では下五が「恋をする」だったのを、子規が添削して「恋わたる」とした。恋する猫の一途《いちず》さが強まる。

（明治29年）

2月10日

# 春風や船伊豫によりて道後の湯

柳原極堂《きょくどう》

『万葉集』の額田王《ぬかたのおおきみ》の代表作〈熟田津《にきたつ》に船乗りせむと月待てば潮もかなひぬ今は漕《こ》ぎ出《い》でな〉を思い出す。熟田津は松山・道後近くにあったとされる港。月が上がり潮も満ちた、さあ漕ぎ出そう。朝鮮・百済《くだら》の援軍のため奈良を出た斉明天皇一行が、航路の途次、熟田津へ立ち寄った際の歌だ。万葉の昔から、道後は船で寄る湯であった。冒頭の句、春風や中七の字余りが、湯につかる豊かな気分を伝える。慶応3年、150年前の今日、極堂はこの松山、伊予国温泉郡に生まれた。

（『草雲雀』）

2月11日

2月12日

## 蒲団《ふとん》着て手紙書く也《なり》春の風邪

子規

春の風邪で寝ていたが、布団をかぶったまま、手紙を書きだした。手持ち無沙汰のなぐさみか、人恋しさにかられたか。

明治33年の今夜、子規は熊本の漱石に手紙を書いた。金柑《きんかん》の礼状が、いつしか長く長くなる。「今年ノ夏、君ガ上京シテ、僕ノ内へ来テ顔ヲ合セタラ、ナド、考ヘタトキニ泪《なみだ》ガ出ル」「僕ノ愚痴ヲ聞クダケマジメニ聞テ後デ善《い》イ加減ニ笑ツテクレルノハ君」。泣きたい夜に気兼ねなく心を打ち明けられる、真の友のありがたさ。

（明治32年）

2月13日

## 鶴獲《え》たり月夜に梅を植《うえ》ん哉

漱石

「梅妻鶴子《ばいさいかくし》」とは、俗世を離れた風雅な隠遁《いんとん》生活のたとえ。湖のほとりで、梅を妻に、鶴を我が子に見立て、一人清らかに暮らした、北宋の詩人・林逋《りんぽ》の故事からきている。

芭蕉も『野ざらし紀行』で京都の山荘に招かれた際、〈梅白し昨日《きの》ふや鶴を盗《ぬすま》れし〉、白梅が見事だが鶴が見当たらぬ、昨日盗まれたのか、と故事を踏まえ梅をほめた。漱石の句は「鶴獲たり」、まるで芭蕉の句の鶴盗人だ。あとは梅さえ植えれば、梅妻鶴子の生活がかなう。

（明治29年）

## 初恋の心を猫に尋ねばや

子規

季語は「猫の恋」。春が来ると恋をして激しく鳴く猫に、初恋の気持ちはどんなものか聞いてみたい、というのだ。初恋だから、きっとういういしい若猫だろう。かくいう子規の初恋は？

子規には「恋」と前書きをして〈我胸に陽《かげ》炎《ろう》もゆる思ひ哉〉という熱烈な句もある。私の胸には、春の陽炎のようにゆらゆら燃える恋心がある。具体的な恋の相手がいたのか、文芸上の創作か。とかく子規の恋には謎が多い。初恋の心を子規に尋ねばや、である。

（明治29年）

2月14日

## 落つるなり天に向って揚《あげ》雲雀《ひばり》

漱石

生を謳《おう》歌《か》する雲雀の声を聞き、人生を嘆いた詩人シェレー。漱石は小説『草枕』でその詩に言及し、西洋の詩は人間から離れられないが、東洋の詩は浮世から解脱した魅力がある、と芸術を語る。俳句も東洋の詩。雲雀を詠む、ただそれだけで句になる。

この句、空へのぼりゆく雲雀を反対に「落つるなり」と言いなした。真っ逆さまに落ちる勢いで、一直線に天を指す雲雀のひたむきさ。漱石もひととき人間を忘れ、雲雀の命に没頭する。

（明治29年）

2月15日

# 船長の愛す菫《すみれ》の小鉢哉
子規

2月16日

船長室の、小さな菫の鉢。その可憐《かれん》な一輪を、船長はこよなく愛している。茫漠《ぼうばく》と広がる海上の寄る辺なさ…菫の鉢の一握りの土の匂いが、船長の心を慰めるのだ。菫が小鉢の土に根を張り、懸命に花を咲かせるように、船長や船員もまた、必要最小限の物資で、日々いそしむ。

なかなか土を踏めないのは、病臥《びょうが》の子規も同じ。翌年にも〈我が庵《いお》に人集まりて歌よめば鉢の菫に日は傾きぬ〉と詠む。菫の小鉢を愛する船長は、子規の似姿か。

（明治31年）

# 茶をつんで宇治の夕月青くさし
河東可全《かぜん》

2月17日

明治28年の今日、記者として日清戦争へ赴く子規の送別句会が東京・紀尾井坂公園で開かれた。句会稿には、いつも通りの穏やかな作が並ぶ。この句は碧梧桐の兄・可全の作。茶所・宇治は、摘み立ての茶葉の香りで夕月まで青くさい…感覚の冴《さ》えた一句だ。

結核持ちの子規の従軍に周囲は反対したが、「文学者として千歳一遇の此《この》戦争を歌ふ」志と「従軍しなければ男に生《うま》れた甲斐がない」武士の一分が、子規を強行させた。子規も一人の明治男子だった。

（明治28年）

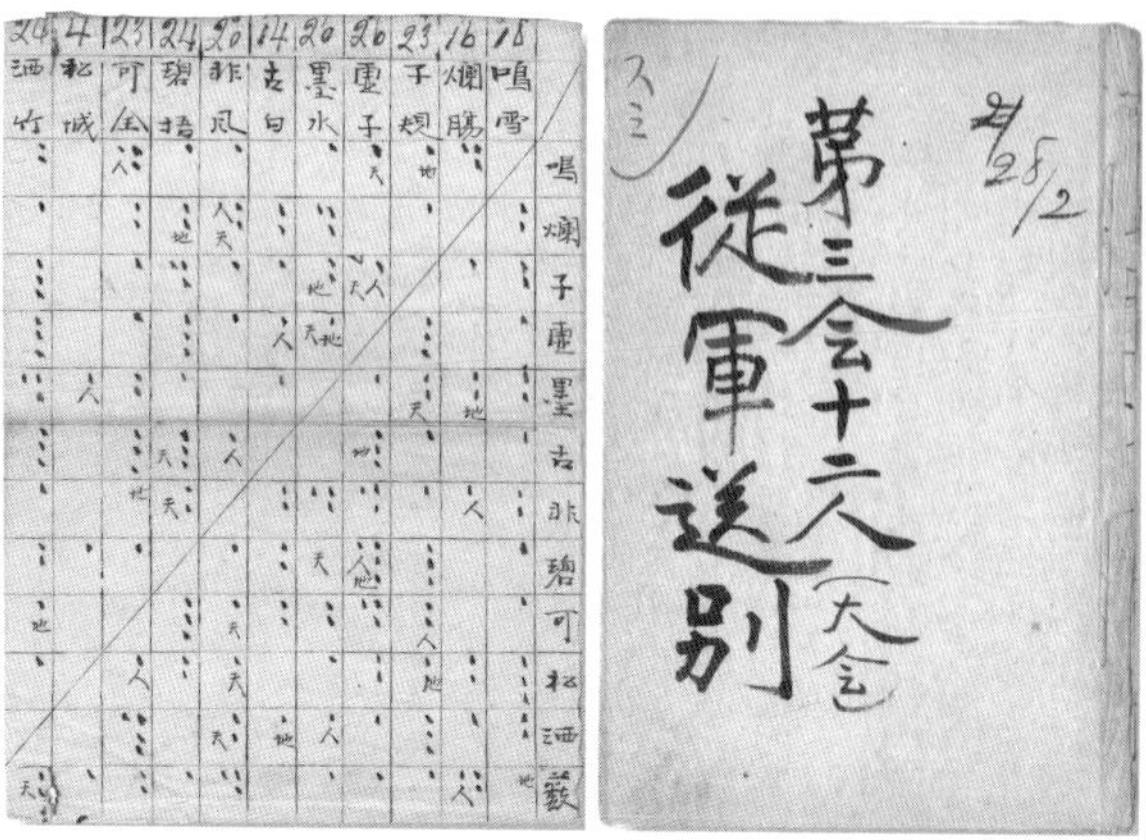


子規従軍送別句会表紙（右）点数表（虚子記念文学館蔵）

2月18日

# 菫《すみれ》程な小さき人に生《うま》れたし

漱石

生まれ変わるなら、菫の花くらい小さな人に生まれたいなあ。漱石30歳にして、可憐《かれん》な願望である。漱石は短編『文鳥』で、粟《あわ》をついばむ文鳥の咽喉に鳴るかすかな音を「菫程な小さい人が、黄金《こがね》の槌《つち》で瑪瑙《めのう》の碁石でもつづけ様に敲《たた》いて居る様《よう》」だと美しく表した。菫は野辺に楚々《そそ》と咲く花、つつましく素朴な印象をまとう。小さき人なら、目立たず、俗世と関わりを持たず、黄金と瑪瑙と美しいものに囲まれて、無心に生きられるか。

（明治30年）

2月19日

# 吾妹子《わぎもこ》を夢みる春の夜となりぬ

漱石

　ここにいない君を夢見る春の夜。「吾妹子」とは妻や恋人を呼ぶ古い言葉で、英訳すればマイハニー、かな。愛をおおらかに詠《うた》った『万葉集』によく出る語だから、素朴な慕情がにじみ出る。明治34年の今日、英国留学中の漱石は、妻・鏡子に手紙を書いた。「国を出てから半年許《ばか》りになる少々厭気《いやけ》になつて帰り度《たく》なつた」「おれの様《よう》な不人情なものでも頻《しき》りに御前《おまえ》が恋しい」。ツンデレの漱石が大いにデレた、正真正銘のラブレターだった。

（明治34年）

2月20日

# 冠《かぶり》せぬ男も船に春の風

漱石

　漱石を職業作家として朝日新聞に招いた鳥居素川《そせん》が、英国皇帝戴冠式に赴く際の送別の句。冠を戴《いただ》く皇帝と無位無冠の記者・素川。船上の春風に吹かれ、地位や名誉から自由な男の清々《すがすが》しさよ。

　同じ明治44年、文部省から漱石へ、文学博士の学位授与の報が届いた。大変な名誉だが、漱石は「今日迄《まで》たゞの夏目なにがしとして世を渡つて参りましたし、是《これ》から先も矢張《やは》りたゞの夏目なにがしで暮《くら》したい」と書き送り、辞退した。無位無冠の誇りを胸に。

（明治44年）

# 鶯《うぐいす》の鳴きさうな家ばかりなり　子規

子規が暮らした東京・根岸は、鶯が鳴く「初音《はつね》の里」として有名だった。なんでも、江戸時代に京都から下向した公弁法親王《こうべんほっしんのう》が「上野の森の鶯は鳴き始めが遅く声も悪い」と、京都の美声の鶯を３５００羽取り寄せ、根岸に放鳥したとか。この句、「根岸」と前書き。イメージ通り、根岸には、鶯の鳴きそうな家ばかり並んでいるよ。「鳴きさう」だから初音はまだ。春告鳥の鶯が鳴けば、本格的な春が来る。春日を受けて待ち遠しそうな家ばかり。

（明治29年）

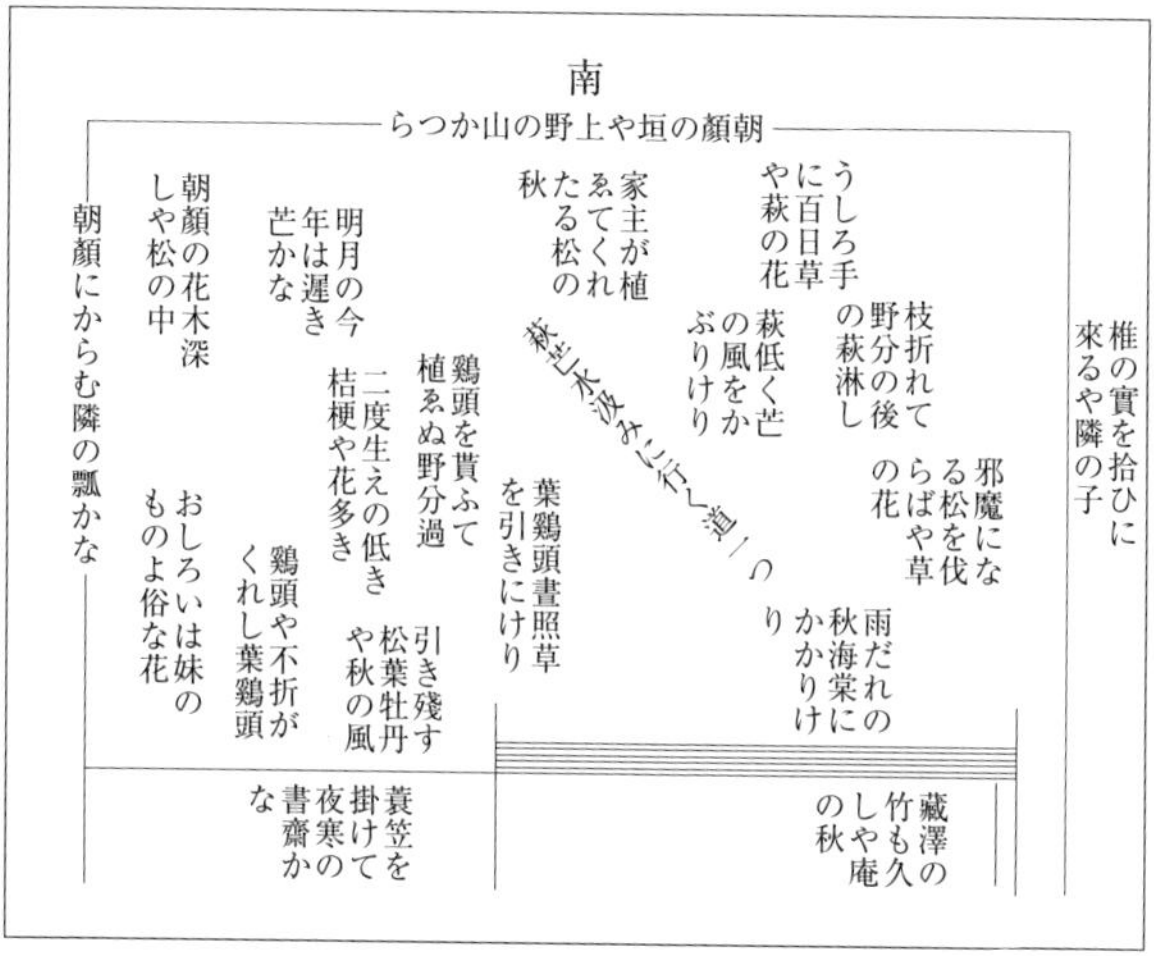


子規庵の庭の様子を記した「小園の図」

2月22日

踏青《とうせい》や草履駒下駄足袋《こまげたたび》はだし

子規

「踏青」とは中国の行事が由来の春の季語で、萌《も》え出た草を踏んで、野に遊ぶことをいう。春風に連れ立って、野原にピクニックに出かけるイメージだ。

上五で「踏青や」と場面設定をして、あとは足元を表す名詞を四つ並べた。きびきびと並んだ語が、歩調を感じさせていかにもにぎやかだ。草履の人、駒下駄の人、履物を脱いで足袋で草に立つ人、全部脱いではだしの人まで！　野のあたたかさと開放感が、楽しく伝わる一句。

（明治34年）

2月23日

骸骨を叩《たた》いて見たる菫《すみれ》かな

漱石

野辺に転がる骸骨を、拾い上げて叩いてみる。命ある菫と死した骸骨がともに春風に吹かれる光景に、無常を感じるか、転生の救いを見るか。シェークスピアの戯曲『ハムレット』を翻案した句。最終幕でハムレットは、墓掘の掘り出した骸骨を手に、命の儚《はかな》さを思う。かつてハムレットの恋人オフィーリアの死に、兄が「穢《けが》れのない美しい体から、すみれの花を咲かせてくれ」と嘆いたことから菫を配合したか。「かな」の切れ字に、骸骨を叩く乾いた音が響く。

（明治37年）

2月24日

# 傘さしてつくしつみけり春の雨

竹村鍛《きとう》

春の柔らかな雨の中、傘をさして摘む土《つく》筆《し》。雨雫《しずく》が指を濡《ぬ》らすたび、清新な叙情が生まれる。松山中学時代、子規は親しい学友五人を「五友」と称し、詩作の会を興した。その一人が竹村鍛、河東碧梧桐の三兄だ。碧梧桐は子規と鍛を「無二の友で、書を読むにも、詩文を作るにも好敵手」と振り返る。のちに鍛は字書編纂《へんさん》の夢に邁進《まいしん》し、子規の漢字間違いを正してくれたことも。ちなみに五友に漢詩を教えたのは河東静渓《せいけい》、鍛と碧梧桐の父であった。

（『なじみ集』）

| | | | |
|---|---|---|---|
| 愛友 | 細井岩氏 | 良友 | 武市庫氏 |
| 好友 | 太田躬氏 | 敬友 | 竹村鍛氏 |
| 益友 | 三並良氏 | 舊友 | 安長知氏 |
| 巖友 | 菊地謙氏 | 畏友 | 夏目金氏 |
| 文友 | 柳原正氏 | 親友 | 大谷藤氏 |
| 酒友 | 佐々田氏 | 溫友 | 神谷豊氏 |
| 剛友 | 秋山眞氏 | 賢友 | 山川信氏 |
| 郷友 | 勝田計氏 | 亡友 | 清水遠氏 |
| 高友 | 米山保氏 | 直友 | 新海行氏 |
| 少友 | 藤野潔氏 | | |

子規の『筆まかせ』から「交際」の項（明治22年）を抜き書き。竹村鍛は「敬友」、漱石は「畏友」とある

琴聞《きこ》え紅梅見えて屋根見えて

子規

2月25日

うららかな春の日、路地を歩いていると、琴の音が聞こえてくる。どんな人が弾いているのだろう。いとけない少女か、絶世の美女か…。近づくにつれ、その家に咲く紅梅が見え、屋根も見えてくる。しかし、肝心の座敷は見えない。

聞こえて見えて、可能になったことを三つも並べたことで、かえってまだ明らかになっていない、琴の音の主が気になる。知りたい心と、紅梅の咲く早春に春本番が待たれる心。期待感がシンクロする。

（明治34年）

日は永し三十三間堂長し

漱石

2月26日

「日は永し」が季語。春になり、日暮れが遅くなったことを指す。三十三間堂は、京都・東山の寺院の仏堂。南北幅120メートルの、特徴ある建築だ。春の午後、ほのぼのと日を受けて、三十三間堂に詣でる。手前からお堂全体を見晴るかすと、スーッと奥へ、視線が吸い込まれてゆく。

同音異義語の「永し」「長し」を並べて、古都の春を軽やかに表現した。「永」の字に、鎌倉時代からその姿をとどめる、三十三間堂の歴史の永さを思う。

（明治29年）

2月27日

# 蜆《しじみ》籠提げ行く道の雫《しずく》かな

子規

蜆を入れた籠を、提げて歩く道。とったばかりの蜆から、ぽたりきらりと雫が落ち、道に点々と跡をつける。「かな」で雫が強調され、春のみずみずしさが出た。

松山の余戸に、子規の父方の叔父・佐伯家があった。幼い子規は妹・律と2人、毎週末に佐伯家へ泊るのが、とっておきの楽しみだったという。小川で蜆を掘ったり、田螺《たにし》を餌に蝦《えび》を釣ったり。蜆籠の雫のような何でもない風景が、いつしか光に包まれ、忘れられない思い出となる。

（明治33年）

2月28日

# 連翹《れんぎょう》に似て非なる木の花黄なり

子規

連翹に似ているが、違う。鮮やかな黄色を放つ、この木の花は何だ。花の名が分からないことも、ちゃっかり句にする子規のたくましさよ。

明治34年の今日、子規庵では紙雛《かみびな》を飾り、桃と連翹を活《い》けた。短歌の弟子の伊藤左千夫《う》らが、茶懐石をもてなしてくれるのだ。独活《ど》、花菜《はなな》、山椒《さんしょう》の芽、栄螺《さざえ》…春らしい献立の数々。茶懐石では料理は余さぬものという掟《おきて》を聞き、子規は残った山葵《わさび》を、味噌《みそ》汁にかき混ぜて飲んだ。みな大笑いだった。

（明治35年）

## 涙もろくなった子規の本音の手紙

明治33年2月12日、熊本から漱石が送った金柑のお礼に、子規が書いた長い手紙。病気になり涙もろくなった己を、親友にさらけ出している。「君ガコレヲ見テ「フン」トイッテクレレバソレデ十分ダ」、二人の信頼関係が垣間見える文面だ。

君ト二人デ須田へ往テ僕モ眼ヲ見テモラウタコトガアル。其時須田ニ「ドンナ病気カ」ト聞イタラ須田ハ「涙ノ穴に塞ガツタノダ」トイフタ。其時ハ何トモ思ハナカツタガ今思ヒ出ストヨホド面白イ病気ダ。ソノ頃ハソレガタメデモアルマイガ僕ハ余リ泣イタコトハナイ。勿論喀血後ノコトダガ、一度、少シ悲シイコトガアツタカラ、「僕ハ昨日泣イタ」ト君ニ話スト、君ハ「鬼ノ目ニ涙ダ」トイッテ笑ツタ。（略）今年ノ夏、君ガ上京シテ、僕ノ内へ来テ顔ヲ合セタラ、ナド、考ヘタトキニ泪ガ出ル。ケレド僕ガ最早再ビ君ニ逢ハレヌナド、思フテ居ルノデハナイ。併シナガラ君心配ナドスルニハ及バンヨ。君ト実際顔ヲ合ワセタカラトテ僕ハ無論泣ク気遣ヒハナイ。空想デ考ヘタ時ニ却々泣クノダ。（略）愚痴ヲ聞クダケ聞テ後デ善イ加減ニ笑ツテクレルノハ君デアラウト思ツテ君ニ向ツテイフノダカラ貧乏鬮引イタト思ツテ笑ツテクレ玉へ。（略）これだけいふて非常にさつぱりしたから、君に対して書面上に愚痴をこぼすのはもうこれ限りとしたいと思ふてゐる。金柑の御礼をいはうと思ふてこんな事になつた。決して人に見せてくれ玉ふな。もし他人に見られては困ると思ふて書留にしたのだから。

○柳原極堂　やなぎはら・きょくどう（本名：正之）
慶応３年２月11日～昭和32年10月７日
松山市生まれ。松山中学在学中に子規と深交。海南新聞社入社後は新聞記者の傍ら「松風会」を結成、子規から俳句指導を受ける。明治30（1897）年、月刊俳誌『ほとゝぎす』を創刊、虚子に譲渡するまで20号を発行

# 三月

仲春

柳原極堂

## 春の夜の琵琶聞えけり天女の祠《し》

漱石

3月1日

明治29年の今日、漱石は、高浜虚子を連れて松山・西垣生の村上霽月《せいげつ》邸を訪れた。3人は、仙人の気分で、神秘的で幻想的な世界を詠む「神仙体《しんせんたい》」の俳句に挑戦していたのだ。子規が提唱する、ありのまま見たままを書く「写生」とは反対の趣で、3人はひとときの想像力の天地に遊んだ。この句もその日生まれた。天女を祀《まつ》った祠《ほこら》のあたりで、琵琶の音が聞こえる。どこかで天女が弾いているのか。春の朧《おぼろ》の艶っぽさが、見えない天女の気配を濃密にする。

（明治29年）

## 或《ある》夜《よ》夢に雛《ひな》娶《めと》りけり白い酒

漱石

3月2日

ある夜の夢の中、女雛を妻に娶ることとなった。雛祭りの白酒をくみ交わし、ほろ酔い気分で、そして…。白酒の白が記憶の空白を思わせる、幻想的な一句だ。

弟子・野村伝四《でんし》の新婚祝いに悩む漱石に、雛ならぬ人間の妻・鏡子は、自作の俳句を袱《ふく》紗《さ》に染めたら、と助言。漱石は「おまえにしては珍しくいい考えが出たな」とひやかし〈二人して雛にかしづく楽しさよ〉と書いた。「二人」とは新婚夫妻のことだが、年を経た漱石と鏡子も、十分楽しそう。

（明治30年）

3月3日

# 雛《ひな》あらば娘あらばと思ひけり

子規

明治33年、熊本赴任中の漱石へ、子規は三人官女の雛人形を送った。漱石の長女・筆子《ふでこ》の、初節句のお祝いだった。

この句はその3年前に詠まれた。「あらば」は仮定の意味。もし雛祭りの今日、うちにお雛さまがあれば、私に娘がいたならば、家の中も、さぞ華やかで明るかっただろうなあ。妻を得て娘をもうける…病臥《びょうが》でなければあったかもしれない人生を、雛祭りをきっかけにふと考えた。娘あらば、子規はどんな父親になったろう。

（明治30年）

3月4日

# 運命や黒き手を出し足を出し

子規

忍び寄る運命の影。黒が逃れがたさを不吉に伝える。子規が従軍記者として日清戦争出発当日の子規庵、見送りに来た、いとこの藤野古白《こはく》は、子規の〈万歳や黒き手を出し足を出し〉を、近頃の升《のぼ》さんの句では面白い、と評した。万歳は正月の門付《かどづけ》芸。古白の皮肉に子規も負けじと、「万歳」を「運命」に変えると一層面白いかな、と応戦。運命や人生といった言葉にかぶれる学生・古白への皮肉だった。1カ月後に自決する古白との永訣《えいけつ》の朝。運命の黒き手は、すぐそこに迫っていた。

（明治28年）

# のどかさは泥の中行く清水かな

藤野古白《こはく》

古白は子規のいとこで、東京専門学校（現・早稲田大）では漱石の教え子。2人の弟分的な俳友だった。「のどか」は、日が永くなった春の、のんびりしたさま。雪や霜がとけ、ぬかるんだ泥を、清水が一筋流れてゆく。泥と清水は、春の混沌《こんとん》と清浄の象徴だ。古白は〈泥船の泥に散りたる桜かな〉の泥に散る桜、〈白梅やその暁《あかつき》の星寒し〉の暁闇に光る梅など、黒一面の世界に清い光のひらめく句を残した。混沌から美を抽出せんと挑む、若き詩人の志がうかがえる。

（『古白遺稿』）

子規と親族写真。明治22年8月、後列右に子規、左に藤野古白（松山市立子規記念博物館蔵）

3月6日

# 限りなき春の風なり馬の上

漱石

馬に乗って見晴るかせば、限りなく春風が吹き渡るばかり。私と馬と風、世界を極端に簡略化したことで、肉体を離れた魂のような、純粋な存在を感じる。時間も空間も「限りなき」この世界で、人はどこから来てどこへ行くのか。夏の風は若々しく、秋の風はむなしく、冬の風はつらい。再生の季節に優しく吹く春の風だから、ここに生きる全ての者を、ただ肯定してくれる。始まりの旅立ちにも、終わりの帰郷にも似た、永遠性を備えた句。

（明治29年）

3月7日

# 永き日や韋陀《いだ》を講ずる博士あり

漱石

韋陀とは、バラモン教の聖典ヴェーダ。少し眠たい春の日永、インド思想の講義を受けている。これまでの俳句にない、斬新な素材だ。添え書きに「井の哲の事」とあるのは、東京帝国大哲学科教授の井上哲次郎のこと。漱石も彼の講義を受けた。明治30年の今日、子規は新聞「日本」に、漱石を新派の俳人として紹介。「意匠極めて斬新」「奇想天外」と評し、筆頭にこの句を示した。教師・漱石が、俳人・漱石として世に知られた瞬間だった。小説家・漱石となるのはまだ先のこと。

（明治29年）

3月8日

## ねころんで書《ふみ》よむ人や春の草

子規

うららかな空の下、寝転んで本を読む人。生命力あふれる春の草を配合したから、きっと青年だ。子規のような学生さんを想像する。17歳、東京大学予備門時代の句。子規はこの頃、俳句を作りはじめたばかりだった。

下宿に来る貸本屋から、発句の本を借りたのが「正岡も私も俳句なるものを知ったそもそもの初め」と振り返る柳原極堂。風邪に臥《ふ》す子規の相手をするたび、ぜひ一句詠めと勧められた。風邪の熱に負けず、俳句熱を燃やしはじめた子規だった。

（明治18年）

3月9日

## 詩《し》神《しん》とは朧《おぼろ》夜《よ》に出る化《ばけ》ものか

漱石

朧夜にぬっと出る影。恐るべき化け物に比したことで、詩を司《つかさど》る神への畏怖の念が迸《ほとばし》る。前書きの「寄虚子」に思い出すのは〈怒《ど》濤《とう》岩を嚙む我を神かと朧の夜　高浜虚子〉、翌年の春に漱石と詠んだ神仙体《しんせんたい》の句だ。同時作〈その中にちいさき神や壺《つぼ》すみれ　虚子〉も、明治30年に漱石が詠んだ〈菫《すみれ》程な小さき人に生《うま》れたし〉と呼応する。この頃、帰省中の虚子と松山中学教師の漱石は、よく道後温泉へ連れ立ち、帰り道に句を詠んだ。共通する題材に、共有した時間が見える。

（明治28年）

# 灯《ひ》ともして窓あけてある朧《おぼろ》かな

柳原極堂《きょくどう》

大正15年の今日、極堂は村上霽月《せいげつ》らと協力し、松山・正宗寺《しょうじゅうじ》に子規堂を建てた。15歳まで子規が暮らした家の一部を移し、境内に再現したのだ。尽力した住職・釈一宿《いっしゅく》も、子規の竹馬の友にして俳友。

中学時代、極堂はよく子規の3畳の書斎を訪ねた。ランプの下に寝転んで雑談にふけっていると、母・八重が番茶と煎《い》り豆を運んでくれた。灯《とも》したランプの向こうには春の朧夜。開いた窓からあたたかい風が吹き、灯《ひ》も思い出も朧にうるむ。

（『草雲雀』）

戦後復元された「子規堂」＝松山市末広町

3月11日

# 思ふ事只《ただ》一筋に乙鳥《つばめ》かな

漱石

青空をまっすぐに伸びやかに飛び、思いのまま恋や子育てをする燕《つばめ》のように、思うことにただ一筋に打ち込めたら、どんなに幸せか。人間は義理人情その他が窮屈で、燕のようには生きられない。羨望《せんぼう》が「かな」にこもる。松山の漱石が東京の子規へ送った句稿の一句。子規はこの句に「◎」をつけた。

漱石が松山で詠んだ句は約700句、たった7カ月で、生涯句約2500超の約3割を詠んだ。漱石は松山でただ一筋に、俳句に打ち込んだのだ。

（明治28年）

3月12日

# 書に倦《う》んで野に出れば野の霞《かすみ》哉

子規

寺山修司の「書を捨てよ、町へ出よう」と似た構造だが、寺山が他者へ呼びかけるのに対し、子規は黙々と孤独だ。本を読むのに疲れて、野原まで来てみた。春らしく霞立つ野は、美しく心奪われるが、どこか頭にも霞がかかったままのようで、すっきりしない気も。

明治26年の今日、漱石と子規は、東京・隅田川の堤でたまたま会い、一緒に百花園で梅を見て、西洋料理店で夕食をとった。2人とも、書に倦んでのそぞろ歩きだったか。

（明治30年）

## 雛《ひな》に似た夫婦もあらん初桜

漱石

3月13日

雛人形のように初々しい夫婦。咲きはじめた桜が、広がる未来を予感させる。子規の「◎」の句。漱石は子規に句を送る際「可成《なるべく》酷評がよし」と求めた。子規も応えてビシバシ斬る。小気味よくやられた漱石を見て、愚《ぐ》陀仏庵《だぶつあん》を訪れた柳原極堂は喜んだ。「人の悪口をうれしがるとは随分性のわるき男なり」と漱石もむくれ顔。子規への次の手紙では「わるいのは遠慮なく評し給へ。其代《そのかわ》りいゝのは少しほめ給へ」と、飴《あめ》も欲しがる漱石だった。

（明治28年）

## 三日雨四日梅咲く日誌かな

漱石

3月14日

学校の日誌だろうか。三日には雨が降った、四日には梅が咲いたと書かれてある。雨と梅、自然の記述だけ取り出すと、ずいぶん風流な日誌に見えるものだ。雨に冷えた空気の中、梅に光る雫《しずく》が、窓の外にきらきらと再現されてゆく。明治29年、松山時代の作。

その10年後の今日、漱石は、松山の教師生活をもとにした小説『坊っちゃん』の構想をひらめき、10日ほどで一気に書き上げた。執筆の勢いが、疾走感ある文体に反映されている。

（明治29年）

# 春や昔十五万石の城下哉

子規

明治28年春、日清戦争従軍前の一時帰郷の感慨を詠んだ。徳川親藩を誇った松山十五万石の城下町も今は昔。世が世なら武士の家系の子規も、維新後の変化の中で今、記者として戦地へ赴く途上だ。でも、変わりゆく世界にも、変わらず春は来る。城山は芽吹きの只《ただ》中《なか》、桜も咲き、見晴るかす海の輝きに春風が吹けば、何も変わっていない気も。去りゆく時代の姿を、子規は「春や昔」という豊かなしらべで、光とともに、永遠に言葉に刻んだ。二度と帰れぬかもしれぬ故郷の春。

（明治28年）

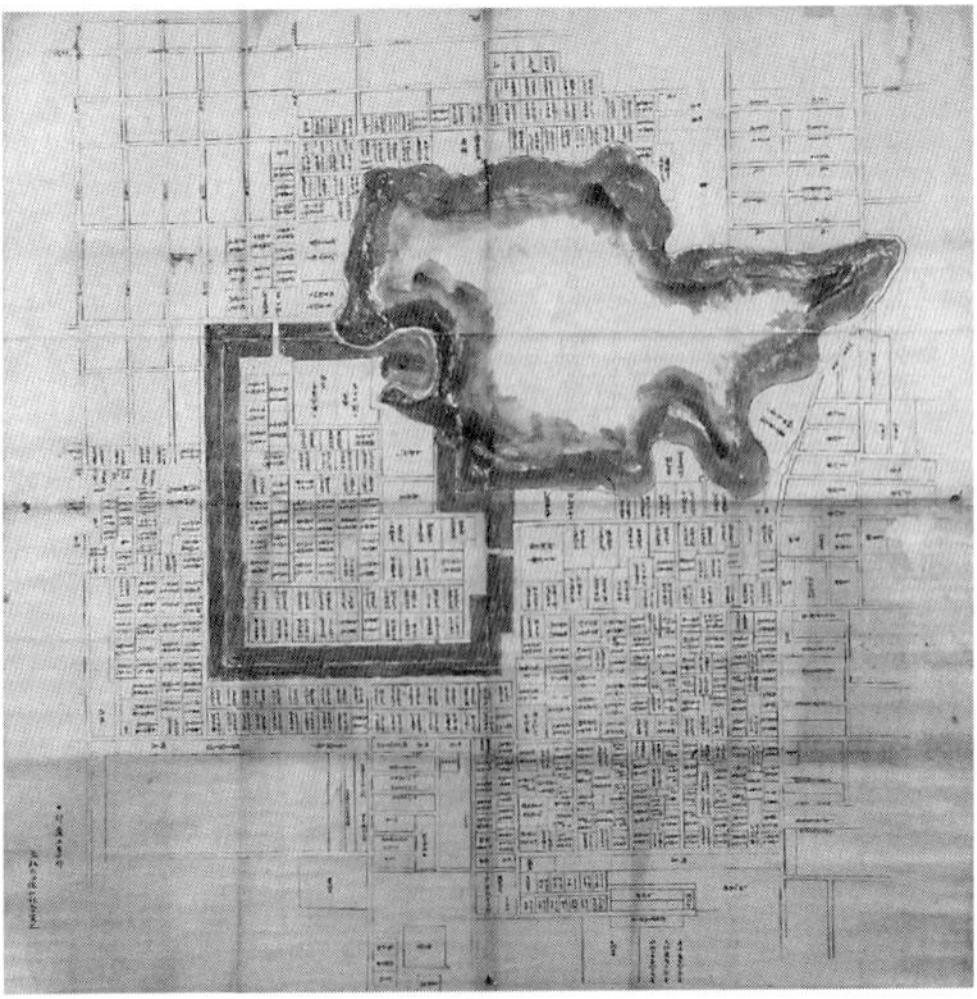

松山城下町絵図（寛永12年）

僧や俗や梅活《い》けて発句十五人

子規

3月16日

明治28年の今日、柳原極堂は松山の俳句会・松風会《しょうふうかい》で、子規の従軍送別会を開いた。後に松風会は、子規の俳句革新を松山から支える力となる。一人が、子規ら新派の俳句の作り方を問うと、子規は部屋を見回し、即興でこの句を詠んだ。「まずその実感を十七文字で表すのです」。この句の僧は子規の幼友達で正宗寺《しょうじゅうじ》の住職・釈一宿《いっしゅく》。彼を含め15人が参加した、ありのままを句にした。お坊さんも世俗の人も同じ座を囲む、俳句という詩型の気安さよ。

（明治28年）

毎年よ彼岸の入《いり》に寒いのは

子規

3月17日

今日は彼岸の入り。この句、「母の詞《ことば》自ら句になりて」と前書きがある。暑さ寒さも彼岸までというが、今日は寒いのう、と子規がつぶやくと、母・八重が、毎年よ、彼岸の入りに寒いのは、と答えた。その返答が五七五になっているのに気づいた子規が、逃さず一句に仕立てたのだ。なんでもない家族の会話も、俳人の耳で聞けば、そこに俳句の種がある。「毎年よ」の倒置法も、会話らしくてリアルだ。ぜひ伊予弁のイントネーションで声に出したい句。

（明治26年）

3月18日

## 黛《まゆずみ》を濃うせよ草は芳《かぐわ》しき

松根東洋城《とうようじょう》

東洋城は、祖父が幕末の宇和島藩主・伊達宗城《むねなり》という名門の出。旧制松山中学で漱石に学んで以後、生涯、漱石を師と仰いだ。この句は恋仲だった歌人・柳原白蓮《びゃくれん》がモデルとも。萌《も》え出た草が芳しい春、眉を濃くお引きなさい。江戸時代には剃《そ》り落とすのが普通だった眉も、明治の近代化で、西洋風の健康的な太眉が好まれるようになった。美の価値観も時代によって変わるのだ。万葉の昔から春の野は恋の舞台。草香る野に遊ぶ、健やかな青春よ。

（明治39年）

3月19日

## 畑《はた》打《うち》や遠《とお》の畔《あぜ》道行く柩《ひつぎ》

子規

畑打ちとは春、種をまくため畑の土を掘り起こすこと。毎年変わらぬ農村の遠景を、葬列が横切る。生きるため耕す者と死して葬られる者を同じ風景に描き、生も死も包む春の大きさを詠んだ。村上鬼城《きじょう》の名吟〈生きかはり死にかはりして打つ田かな〉も同じモチーフ。子規より2歳年上の鬼城は、明治28年、群馬から子規へ手紙を出し、俳句の教えをこうた。30年1月創刊の「ほとゝぎす」にも投句。後に大正を代表する俳人となった。子規の俳句革新の波は、場所を時代を超えてゆく。

（明治33年）

# 親の親も子の子もかくて田打《たうち》かな

安藤橡面坊《とちめんぼう》

親の親つまり先祖も、子の子つまり子孫も、このように田打ちをし稲を育て、この地で生きるのだ。「親」「子」の繰り返しが、長い年月を示す。橡面坊は子規の1歳下の大阪の俳人。子規選の新聞「日本」への投句から俳句革新に加わった。漱石の小説『吾輩ハ猫デアル』に、美学者・迷亭が西洋料理屋でトチメンボーなるものを注文してボーイが困る場面があるが、架空の料理名はこの橡面坊から。俳人との交友が、漱石の小説をユニークに彩る。

（『深山柴』）

『吾輩ハ猫デアル』上中下巻

## 留《とめ》針《ばり》や故《ふる》郷《さと》の蝶《ちょう》余《よ》所《そ》の蝶

漱石

留針で展翅《てんし》された、標本の蝶たち。出所が分かるのは、ラベルに採集場所の記載があるから。手にした標本にふと、故郷の名を見つけて懐かしくなった。あの空、あの風を知る翅《はね》だと思うと、どこか輝いて見える。いや、ひとところに留められてしまえば、どこの蝶も同じだと、ひんやりと眺めているのかも。句には事実のみが書かれ、感情は表に出ない。答えは読者に委ねられている。展翅された蝶のように、俳句はただ沈黙する詩。

（明治30年）

3月21日

## 奈良の春十二神将剝げ尽《つく》せり

漱石

十二神将とは、薬師如来を守る十二体の武神だ。奈良時代に作られた、奈良・新薬師寺の十二神将は特に有名である。塑像の華やかな彩色が剝げ落ち、あらわになった土の肌が、千数百年の時空の遥《はる》けさを物語る。その由緒正しい神々にも漱石節は緩まない。歯に衣《きぬ》着せぬ「剝げ尽せり」の直言が痛快だ。俳句は、伝統を持つ雅《みやび》な和歌に対抗して生まれた、アバンギャルドの詩。奈良の歴史の厚みの前でも、気負わず正直な漱石は、まさに俳人の鑑《かがみ》だ。

（明治29年）

3月22日

3月23日

# 佐《さ》保《ほ》姫《ひめ》の錦織り出す桜哉

河東碧梧桐

佐保姫は春の女神だ、霞《かすみ》の衣を羽織り、機織りを司《つかさど》る。咲きほこる桜の美しさも、佐保姫の織る錦さながら。明治23年の今日、17歳の碧梧桐は、立春から書きためたはじめての俳句をまとめ、子規に添削を乞うた。佐保姫の句も添削後の姿。〈路《みち》のはた錦織り為す桜哉〉だったのを、子規が「路のはた」という不要な説明を削り、佐保姫を幻視して詩のエキスを加えた。とはいえ、和歌以来の伝統美を素直に踏まえているあたり、子規もまだ若い。

（明治23年）

3月24日

# 鉄砲のとゞかぬ空や鳥帰る

子規

北方の寒さを逃れて日本にきた渡り鳥は、今度は狩りする人間の鉄砲の脅威にさらされる。鳥たちは常に危険と隣り合わせだ。「鳥帰る」は、春、北へ帰る渡り鳥のこと。彼らの消えてゆく限りない青空を、子規は「鉄砲のとゞかぬ空」と、自分の言葉でいいかえて詩にした。高い高い空までは、人間の鉄砲も届かない。砲弾が飛び交っても空へ逃げられない人間は、はばたく鳥の自由をうらやむ。

今日も地球のどこかで銃声が響く。

（明治32年）

# 一日の路《みち》や菜の花浪《なみ》の花　子規

一日の旅の道すがら、菜の花が咲き浪の花が飛ぶ。浪の花とは、海の波が白く泡立つのを花にたとえた語。本物の花と比喩の花を対句で並べ、軽快な歩みのリズムを出した。菜の花の黄、海の青、浪の花の白、ビビッドな春の色が旅路を彩る。

明治24年の今日、大学生の子規は千葉・房総へ旅に出た。太平洋を望む房総は菜の花の名所だ。子規も「山はいがいが海はどん〳〵。菜の花は黄に、麦青し」と書きとめた。今日の句も旅の成果のひとつ。

（明治24年）

房総旅行中に撮った「菅笠姿の子規」
（松山市立子規記念博物館蔵）

## はれきつた空や雲雀《ひばり》の声青し

子規

3月26日

声=聴覚を、色=視覚で表した。快晴の青空に、雲雀の声まで青く感じる。千葉・房総の旅での一句。学生時代、子規の文集『七草集』に刺激を受けた漱石は、房総を旅して紀行文『木屑録《ぼくせつろく》』を書く。その見事な漢文に子規は驚き、英語も漢学も達者な漱石を「君は千万人中の一人」と称《たた》えた。翌年、子規は『木屑録』の舞台・房総を巡り、文集『かくれみの』を書く。若き子規と漱石、受け止めては打ち返す言葉の球が、2人の文学を育んでいった。

（明治24年）

## 蓑《みの》掛けし病の牀《とこ》や日の永き

子規

3月27日

蓑を着て旅に出た、元気な頃が懐かしい。外出もかなわぬ病臥《びょうが》の身には、一日が永くて途方に暮れる。病床に掛けた蓑まで春の日が差せば、旅心が騒ぎ出す。この蓑は、学生時代の千葉・房総旅行の途次、雨よけに買ったもの。蓑を羽織った瞬間、本当の旅人になった気がしてうれしくて、雨の中、丘の菫《すみれ》に寝ころんだ。その蓑を子規は生涯、東京・根岸庵に掛け、病床で眺めた。旅が大好きだった子規。病床の夢は、どの野、どの海をかけ廻《めぐ》ったか。

（明治32年）

3月28日

口惜しや男と生《うま》れ春の月

漱石

〈配所《はいしょ》には干網多し春の月〉とセットの句だ。2句一組で一つの世界を作る試みは、複雑な人間ドラマを詠みたい漱石らしい。配所とは流刑地のこと。都から追放され漁村まで来た。干された網にあがる月を仰ぎ、悔しいと呟《つぶや》く。男に生まれたことを悔いるのは、政争に負けて流罪を得たからか。後鳥羽院や世阿弥、隠岐や佐渡の島々に流された人々を思う。女の私も時々〈口惜しや女と生まれ春の月〉と読みかえ、頬づえに窓の月を見る。

（明治29年）

3月29日

春《はる》寒《さむ》の社頭に鶴を夢みけり

漱石

寒さの残る春、神社の社殿を前に、美しい鶴を夢想する。鶴は吉兆か、漱石の理想の象徴か。ぴんと張る空気に、凜《りん》と立つ鶴の気高さよ。明治40年、漱石が教職を辞し、職業作家として初めて書いた小品『京に着ける夕』は、学生時代に子規と京都に遊んだ思い出を軸につづられる。友の幻影と巡る春寒の京。最後に下鴨神社の糺《ただす》の森に着き、この句を詠んだ。かつて〈人に死し鶴に生《うま》れて冴《さえ》返る〉と詠んだ漱石。まさか鶴は、生まれ変わった子規？

（明治40年）

## 看病や土筆《つくし》摘むのも何年目

子規

3月30日

家族の看病に費やす日々。なかなか自分の時間が持てない。ましてや土筆を摘むなんて。幾年ぶりの野に広々と呼吸する瞳は、春の日にきらきらと輝く。明治35年の春、看病づめの子規の妹・律は、河東碧梧桐一家に誘われ土筆摘みに出た。帰宅して、子規に食べさせるため土筆の袴《はかま》をとりつつ、その日のことを楽しげに語る律。次の日曜は母・八重が碧梧桐らと花見へ。体中穴だらけの子規は、2人の外出を「彼らの楽《たの》しみは即ち予《よ》の楽み」と喜んだ。

（明治35年）

## 杳《よう》として桃花に入るや水の色

漱石

3月31日

「杳として」は、はるかで奥深いさま。はるばる舟に揺られ、川はいつしか桃の花咲くほとりへ至る。水面に映る花の色。水色と桃色のパステルカラーが、千変万化の綾《あや》をなし、夢まぼろしのように美しい。花影をくぐり、さらに奥へ…。

漁夫が舟で川をさかのぼるうち、迷い込んでたどりついた、桃林の奥の理想郷。陶淵明《とうえんめい》の描いた桃源郷だ。漱石はきっと、その物語世界に飛び込み、夢の桃源郷で吟行をして、この句を詠んだのだ。

（明治37年）

## 「明治二十九年の俳句界」

松山へ赴任した明治28年から、本格的に子規に俳句を学び始めた漱石。明治30年3月7日付「日本」に、子規による俳人・夏目漱石評が掲載された。漱石俳句の斬新さに言及しつつ、驚かせるだけではない雄健さや真面目さがある、と高く評価した。

漱石は明治二十八年初めて俳句を作る。初めて作る時より既に意匠に於て特色を見（あら）はせり。其意匠極めて斬新なる者、奇想天外より来りし者多し。

　永き日や韋陀を講ずる博士あり
　此土手で追ひ剝がれしか初桜
　蘭の香や聖教帖を習はんか
　……（略）

漱石亦滑稽思想を有す。（略）
　南瓜と名にうたはれてゆがみけり
　長けれど何の糸瓜とさがりけり
　狸化けぬ柳枯れぬと心得て

の如し。又漱石の句法に特色あり、或は漢語を用ゐ、或いは俗語を用ゐ、或は奇なる言ひまはしを為す。

　冴え返る頃をお厭ひなさるべし
　明月や丸きは僧の影法師
　作らねど菊咲きにけり折りにけり
　鶏頭や代官殿に御意得たし

然れども漱石亦一方に偏する者に非ず。滑稽を以て唯一の趣向と為し、奇警人を驚かすを以て高しとするが如き者と日を同うして語るべきにあらず。其句雄健なるものは何處迄も雄健に真面目なるものは何處迄も真面目なり。

　短夜の芭蕉は伸びてしまひけり
　玉章や袖裏返す土用干
　廻廊の柱の影や海の月
　酒なくて詩なくて月の静けさよ
　……（略）

○藤野古白　ふじの・こはく（本名：潔）
明治4年8月8日～明治28年4月12日
愛媛県久万高原町生まれ。子規の5歳下の従兄弟。母・十重が子規の母・八重の妹。父は藤野漸。俳句に才能をみせるも、小説、戯曲に転じる。24歳の春、拳銃自殺

# 四月

晩春

藤野古白

## 汐干潟《しおひがた》うれし物皆生きて居る

子規

4月1日

汐干潟が春の季語。今ごろの大潮は、一年中で干満の差が最も大きいので、アサリやハマグリなどの潮干狩りが楽しめる。遠くまで続く干潟を見晴るかして、心に湧き上がってきたのは、うれしさだった。汐干潟では、人が、貝が、鳥が、すべての物が皆、生きている。ただそのことが無性にうれしい。明治35年、亡くなる約半年前に詠まれた句だ。子規は、己の命が尽きんとする病床で、見えるはずのない彼方《かなた》の干潟に充満する、命の光を眩《まぶ》しんだ。

（明治35年）

## 断礎《だんそ》一片有明桜ちりかゝる

漱石

4月2日

かつてそこに在った、古い建物の礎石が、壊れてひとかけら転がっている。そこへ散りかかる、有明桜のひとひら。断礎と桜が触れ合う瞬間、いにしえと現在が、時を超えて静かにスパークする。

有明桜は、里桜の一種だ。香りがよく、淡い桃色の花弁が、ゆたかで美しい。「有明」には夜明けの意味がある。歴史を重ねてきたこの地に、また新しい朝が来る。礎石が過去を、桜が今を、新しく訪れる夜明けが未来を、象徴している。

（明治29年）

## たらちねの花見の留守や時計見る

子規

「たらちね」は、母という意味。枕詞《まくらことば》が語源の、古く懐かしい言葉だ。母が花見に出かけて留守にしている。時計を見るのは、いつごろ帰ってくるか気にしているからだ。母の不在の心もとなさを、「時計見る」という行為に託し、さりげなく表した。

明治35年、河東碧梧桐夫妻は、看病に付きっきりの子規の母・八重を誘って花見に出かけた。母の目に、桜は刻々散りゆく。その年に世を去る子規の命の時間が、刻々と過ぎてゆくように。

（明治35年）

4月3日

## 温泉に馬洗ひけり春の風

柳原極堂《きょくどう》

普段乗っている馬を温泉の湯で洗い、汚れを落としてやる。春風もやさしい。馬は気持ちよさそうに目を細めているか。松山・道後温泉には、牛馬のための外湯もあった。家畜が利用できる温泉は珍しく、自然の恵みを分かち合う心が温かい。

極堂ははじめ碌堂《ろくどう》と名乗っていたが、新聞「日本」のライバル紙に同名の書き手が現れたため、子規から一方的に「極堂」に変えよと手紙が来る。「極道」の自分らしい名だと、極堂も素直に受け入れた。

（『草雲雀』）

4月4日

## 花の雲言問団子桜餅


子規

4月5日

満開の、雲のような桜の下、団子や餅を求めつつ人々が行き交う。ポンポンと名詞を並べ、軽快でにぎやかな花見の雰囲気を言いとめた。言問団子も桜餅も、東京・向島の名物。

子規は20歳の夏、向島の長命寺境内の桜餅屋に下宿して文章修業に明け暮れた。そのとき、店の娘・お陸《ろく》と恋のうわさが立ったのは、子規の数少ないロマンスだ。〈葉にまきて出すまこゝろや桜餅〉は当時の作。青春を思い出すにも、菓子を経由するのが子規らしい。

（明治29年）

## 散るを急ぎ桜に着んと縫ふ小袖

漱石

4月6日

何とか桜が咲いている間に、花見用の着物を仕上げ、花見に行かなくては。「急ぎ」は、「桜」と「縫ふ」の両方にかかる。散り急ぐ桜を横目に、急いで花衣を縫っているのだ。小袖という名詞に着地するまで大きな切れを作らず、こまごまと単語を並べ立てている。そのドタバタした調べが、切羽詰まった気分を軽妙に伝えてくれる。和歌では美しく儚《はかな》く詠まれてきた桜を、人間の機微を通して生活の中に取り戻した、俳句らしい一句だ。

（明治30年）

空に消ゆる鐸《たく》の響や春の塔

漱石

4月7日

明治42年の今日、米山保三郎《やすさぶろう》の兄が漱石を訪ねた。早世した彼の十三回忌の記念に何か書いてほしいと預けた、保三郎の写真を取りにきたのだ。漱石は裏にこの句を書いた。この世の春を見渡す塔の孤高よ。空の深さに、哲学者・保三郎が研究した空間論を思う。保三郎は漱石と子規の学友。建築家を志す漱石に文学を勧めたのは彼だった。「文学なら勉強次第で幾百年幾千年の後に伝へる可《べ》き大作も出来る」。子規も保三郎にはかなわないと、哲学を諦め、文学の道へ進んだ。

（明治42年）

わかるゝや一鳥啼《な》て雲に入る

漱石

4月8日

春になって渡り鳥が北へ去ることを指す季語「鳥雲に入る」を、「一鳥啼て雲に入る」とアレンジした。一羽の鳥が、一声鳴いて、雲へと消えてゆく。ああ、お別れなのだなあ。

明治29年4月、漱石が1年間の松山赴任を終え、次の赴任地・熊本の第五高等学校へと旅立つ際、松山の人々へ送った別れの一句だ。添えられた俳号は、漱石ではなく愚陀仏。愚陀仏庵で句会を共にした日々を、いつでも思い出せるように。

（明治29年）

# 逢《あ》はで去る花に涙を濺《そそ》げかし

漱石



明治29年の今日、漱石は松山・三津の海岸で、次の赴任地・熊本へたたんとしていた。親しく句会をした村上霽月《せいげつ》には直接別れを述べたかったが、訪れるとあいにくの留守、この句を託すことに。君に逢わず私は去る。どうか咲き誇る桜に離別の涙を流してくれよ。中国の詩人・杜甫の詩「春望」の一節「時に感じては花にも涙を濺ぎ」を踏まえ、離別の意を格調高く詠みあげた。霽月は帰宅後、漱石を追ってすぐに三津浜へ。船出に間に合い、無事句友を見送ることができた。

（明治29年）

松山・三津浜港

## 潮曇り洲先の桜雨ふくむ

岡田燕子《えんし》

4月10日

潮気に曇る海の風景。洲先の海辺の桜は、やさしい春雨の雫《しずく》をふくみ、しっとり花を咲かせる。春のけだるさを抱き込んだ句だ。燕子は宇和島・吉田町の俳人。彼の「海南新聞」への投句を見とめた子規は、東京から手紙を書く。「咳唾珠玉を成す御腕前之程感服」とその言葉の珠玉の美を褒め、新聞「日本」へも投句するよう勧めた。〈白牡丹《しろぼたん》さくや四国の片すミに〉、四国の片隅に、燕子という美しい白牡丹が咲くのを見つけたよ、と挨拶の句を添えて。

（明治30年）

## おとつさんこんなに花がちつてるよ

子規

4月11日

なんて素直な句だ。子が父に呼びかけるセリフが、そのまま十七音に写し取られている。「おとつさん」の呼び方も、庶民らしくてリアル。たぶん、こんなにたくさんの桜は、生まれてはじめて見るのだろう。父を呼びながら、視線はただ桜をむさぼる。

「上野にて子供の言葉を聞くに」という前書きに納得。東京・上野は桜の名所、子規も同じ感慨を抱いたからこそ、この子の一言に心つかまれたのだろう。のう、こがいに花が散りよるぞな。

（明治25年）

## 花を折つてふり返つて曰《いわ》くあれは白雲

藤野古白《こはく》

爛漫《らんまん》と咲き誇る桜。その一枝を折って振り返ったその人は「あれは白雲」と告げた…。「あれ」とは桜のことか、それとも。手元の桜の枝も、雲のかけらのような気がして、淡く頼りない。夢まぼろしの感覚に、作者の心の繊細さを思う。数日前、ピストル自殺を図った古白は、明治28年の今日、23歳の若さで息を引き取った。神経症を持ち、いとこの子規をはじめ周囲に人一倍迷惑をかけたが、その分、人一倍愛された人だった。

（『古白遺稿』）

4月12日

## 永き日や欠伸《あくび》うつして別れ行く

漱石

明治29年、松山を去る際、友人・高浜虚子へ送った句だ。眠たい日永、欠伸をしたら君に欠伸がうつった。こんなふうにのんびり別れ行くのも僕らしいね。2人は欠伸の他にも、多くの豊かな何かを交換しただろう。数日前には、早世した藤野古白の一周忌に、子規や漱石らが追悼句を寄せ、虚子も〈永き日を君あくびでもしてゐるか〉と呼びかけたばかり。冒頭の漱石の句は、この句を踏まえている。2人が欠伸するとき、古白の面影も共に在る。

（明治29年）

4月13日

4月14日

## 俎《まな》板《いた》に鱗《うろこ》ちりしく桜《さくら》鯛《だい》　子規

桜の季節になると産卵のため内海へ集まってくる鯛を、桜鯛と呼ぶ。腹のあたりが桜色に染まり、大変美しい。料理をしようと俎板に載せ、鱗を剝ぐ。散り敷いた鱗は、桜が散らせた花びらのように、きらきらと輝く。子規はさらに〈雫《しずく》ちる鱗は花か桜鯛〉とも詠むが、こちらは意味が分かりやすいぶん、読者の想像の余地が少ない。剝いだ鱗に「ちりしく」と美しい動詞を与えただけで、鱗＝花の連想が、軽やかに広がってゆく。

（明治26年）

4月15日

## 耳の穴掘って貰《もら》ひぬ春の風　漱石

膝枕で、耳掃除をしてもらっているのだ。春の風というふんわりとした季語を置くことで、膝の弾力や心地よさが伝わる。柔らかい膝、柔らかい春の風。日常の、至福のひとときだ。「搔《か》く」ではなく「掘る」という動詞もいい。ごっそり掃除され、すっきりした気分になる。

写真では気難しくポーズを決める漱石が、女の膝の上でくつろいでいる表情を想像すると、なんだかとても親しみが湧く。漱石49歳、安寧の一句。

（大正5年）

「出合の渡し」。右重信川、左石手川

4月16日

# 若《わか》鮎《あゆ》の二手になりて上りけり　子規

春になると海から川をのぼってくる、若い小鮎たち。ある地点からは二手に分かれ、さらに川を遡《さかのぼ》る。前書きにある「石手川出合渡《であいのわたし》」とは、石手川と重信川の合流点。ここから鮎は、二つの川へ分かれたのだ。大きく分かれた二つの運命。引き返せないけじめに「けり」と強く言い切った。この句を詠んだ明治25年、すでに病を得た子規は、己の行く末を見つめ、大学をやめて新聞記者となった。学友の進む道、子規の選んだ道。輝く若鮎に、自らの姿を重ねたか。

（明治25年）

# 故郷《ふるさと》はいとこの多し桃の花

子規

4月17日

「故郷にいとこの多し」なら単なる説明だが、「故郷は」だと、故郷を独自に定義した句となる。故郷とは、いとこがたくさんいて、にぎやかで温かい、そんな場所だよ。ぽってりと咲く桃の花の柔らかさに、素朴な多幸感があふれる。

子規の時代、松山には「おなぐさみ」という行事があった。暖かくなると、親族誘い合わせて石手川へ行き、弁当を食べたり土手で遊んだり。いとこの女の子たちの華やかな声が、桃の花咲く青空へ響く。

（明治28年）

# 木瓜《ぼけ》咲くや漱石拙《せつ》を守るべく

漱石

4月18日

「拙を守る」とは、漱石が目指した、愚直で不器用な生き方を貫くこと。そもそも「漱石」という名が、負けず嫌いで頑固者の意味だ。頑固者の漱石が、愚直な生き方を貫こうと頑張っている。漱石は小説『草枕』で「世間には拙を守るという人がある。この人が来世に生《うま》れ変《かわ》るときっと木瓜になる。余も木瓜になりたい」と、木瓜の花を拙なるものの代表と捉え理想化した。当の木瓜は、漱石の憧れなど関係なく、ボケッと愚直に咲いている。

（明治30年）

木瓜の花

4月19日

# 鳥籠に今か入れたるはこべ哉

松瀬青々《せいせい》

明治32年の今日、大阪から上京した松瀬青々を歓迎し、子規庵で句会が開かれた。後に関西俳壇を牽引《けんいん》する青々は子規の一つ年下で、「ホトトギス」や新聞「日本」に投句し、子規に「大阪に青々あり」と称賛された。句会の題「繁縷《はこべ》」で出した句がこれ。鳥の餌として、はこべを籠に入れた瞬間を捉えた。子規の投句は〈カナリヤの餌に束ねたるはこべ哉〉、「束ねたる」がリアルだ。その春、子規庵の鳥籠には、カナリアが2羽鳴いていた。

（明治32年）

4月20日

# 春風や象引いて行く町の中

子規

春風が吹きわたる中、人間に引かれ、象が町を歩いてゆく。人々の視線は、物珍しい巨体にくぎ付けだ。「引いて行く」とゆったり述べたところに、悠々とした象の歩みが見える。一歩、一歩。引かれる象は、飼われる象。「秋風」ならそのあわれみが際立つが、「春風」が象の体温、命のぬくみを伝えてくれる。

明治21年、東京・上野動物園にはじめて象がやってきた。広々とした大地を離れ、小さな島国へきた象の瞳に、上野の桜が散りかかる。

（明治30年）

4月21日

# 朧《おぼろ》夜《よ》や顔に似《に》合《あわ》ぬ恋もあらん

漱石

全てがうるみぼやける春の朧夜なら、顔に似合わない恋をする人もあるだろう。表情も隠され、人目をはばからず恋心に浸っていられる。顔に似合わぬ恋といえば、戯曲「シラノ・ド・ベルジュラック」。醜いシラノが愛したロクサーヌは、イケメンのクリスチャンに恋い焦がれていた。シラノはある夜、クリスチャンになり代わって、ロクサーヌに愛を告白する。彼女のために、2人を結びつけたのだ。恋破れたシラノの表情は、夜の闇に紛れて見えない。

（明治30年）

## 故郷《ふるさと》やどちらを見ても山笑ふ
子規

4月22日

「山笑ふ」は、芽吹きの山の明るさを擬人化した、ファンタジックな季語だ。春の山は、伸びてくる草や芽がくすぐったくて笑っているのかも。故郷の地に立ち、ぐるりと見渡す。どの山も、明るい春の光を蓄え、にこにこしている。故郷が自分を受け入れてくれている。ああ、ここが僕の故郷だ！

子規は晩年、病床で、石手川のツクシ、余戸のシジミ、松山のあれこれを思い出しては、記事に書き句に詠んだ。きっとそのとき、子規の口元はほほ笑んでいた。

（明治26年）

## 堆《うずたか》き茶殻わびしや春の宵
漱石

4月23日

日永の午後もいつしか暮れ、静かな春の宵が訪れる。目をやれば、うずたかく積まれた茶殻が、なんともわびしい。朝ごはんに、新聞を読むのに、お煎餅をつまむお供に…。茶殻の嵩《かさ》が、茶を飲みながら過ぎ去った時間の長さを物語る。

子規に送った句稿のうち一句。もとは「春の夜」だったのを、子規が「春の宵」に直した。宵だと、これから夜にかけてまだ何か起きそうな期待がほのかに香り、「わびし」の予定調和を崩してくれる。

（明治29年）

春や昔古白《こはく》といへる男あり

子規

4月24日

明治28年の今日、従軍中の子規は、河東碧梧桐からの手紙で、いとこ・藤野古白の自殺を知る。「人世は泡沫夢幻《ほうまつむげん》」、驚きと悲しみを日記につづり、この句を添えた。ひと月前に〈春や昔十五万石の城下哉〉と詠んだ、古白との思い出の松山。「春や昔」は、在原業平の〈月やあらぬ春や昔の春ならぬわが身ひとつはもとの身にして〉の一節だった。月も春も昔と別物なのに、自分だけ元のまま。「春や昔」とは、取り残された者の寂しい呟《つぶや》きなのだ。

（明治28年）

春風にこぼれて赤し歯磨粉

子規

4月25日

歯を磨こうと思ったら、さっと吹いた春風に、歯磨き粉がパッと飛び散った。当時の歯磨きは粉末が主流。その眩《まぶ》しい赤の色彩が、この句の中心だ。「赤き」のように下へ意味をつなげず、「赤し」と終止形で切ることで、謎掛けの形ができあがる。春風にこぼれて赤いものは？

梅、椿《つばき》、いろいろな選択肢の中で、下五の「歯磨粉」という答えの意外性が光る。日常卑近な歯磨き粉を、視覚を刺激する詩に昇華した、写生句の嚆矢《こうし》となる一句。

（明治29年）

4月26日

## 句あるべくも花なき国に客となり　漱石

明治34年の今日、ロンドンの漱石は子規へ手紙を書いていた。市街の風景や下宿での日常を日記風につづった「倫敦《ロンドン》消息」だ。漱石が「子規の病気を慰めんがために」書いた文章を、子規は「西洋へ往《いっ》タヤウナ気ニナッテ愉快デタマラヌ」と喜んだ。

　翌春のこの句も留学中の作。桜のない異国では詩句も浮かばない。同じ頃、子規も病床で〈我病んで花の句も無き句帖《くちょう》かな〉と詠む。ここになき桜を思い、詩に遠き己の今を嘆く2人。

（明治35年）

4月27日

## 忘れ居りし鉢に花さく春日哉　子規

何を植えていたのか、すっかりその存在を忘れていた鉢に、気付けばいつの間にか花が咲いている。いくら人間が忘れようとも、春がくれば、日差しはあまねく行きわたり、草花を育てるのだ。誰に認められなくとも、草木はけなげに花を咲かせる。彼らのたくましさに人間も励まされ、あたたかい気持ちが心にともる。「はち」「はな」「はるひ」と、たたみかける「は」の頭韻《とういん》が、ふっくらと明るい、日差しや風の質感を伝えてくれる。

（明治33年）

4月28日

## 見送るや春の潮《うしお》のひた〳〵に

漱石

誰か大事な人を見送っているのだ。春の海にひたひたと満ちる潮が、あふれる思いを形象化する。実は、恋をテーマに詠んだ一連の一句。「初恋」「忍恋」などの題で2句ずつ詠み、さまざまな恋の場面や心情を描いた。この句は「別恋」、恋人との別れを詠んだのだった。では、次の句の題は何でしょう。〈行春を琴掻き鳴らし掻き乱す〉、春の終わり、一心不乱に琴を弾く女。答えは「恨恋」。「掻き」のリフレインに、怨念がこもる。

（明治29年）

4月29日

## 今日か明日か爐《ろ》を塞《ふさ》がうかどうせうか

子規

セリフがそのまま一句になった、子規お得意の口語俳句。疑問形の「か」を四つも重ね、逡巡《しゅんじゅん》する心を表した。炉塞ぎは春の季語。暖かくなり使わなくなった炉に、蓋《ふた》をして塞ぐことをいう。今日炉塞ぎを済ませるか、億劫《おっくう》だから明日にするか、また冷えるかもしれないし、さてどうしよう…。結論の出ぬだらだらとした思考も、のんびりと春らしい。ちなみに漱石は同じ季語で〈炉塞いで山に入《い》るべき日を思ふ〉と格調高く詠んだ。

（明治29年）

# 春暮るゝ月の都に帰り行《ゆく》　漱石

この世の春も、すっかり終わろうとしている。時が来た、月の都に帰り行く時が。春を惜しむ心が、去りゆく人の後ろ髪引かれる思いと重なる。「月の都」といえば、日本最古の物語『竹取物語』。かぐや姫が物語の終わりに帰ってゆくのが、故郷・月の都だった。小説家を志した学生・子規が、下宿に「来客ヲ謝絶ス」と張り紙をし、精魂込めて書き上げた最初の小説の題名も『月の都』。漱石もこれを読み、子規と夜通し語り合った。

（明治29年）

○五百木飄亭　いおき・ひょうてい（本名：良三）
明治３年12月14日～昭和12年６月14日
松山市生まれ。子規から俳句指導を受ける。日本新聞社で陸羯南と行動を共にした後、政教社で「日本及日本人」を主宰

# 五月

## 初夏

五百木飄亭

5月1日

# 藤の花長《なご》うして雨ふらんとす

子規

花盛りの藤棚の暗さが、曇天の暗さを引き寄せ、晩春の重たい空気感を醸し出す。「なごう」の音の伸びがいい。花の垂れ下がり具合を感覚的に伝えてくれる。

批評家・子規の業績の筆頭は、近世俳諧史に埋もれかけていた与謝蕪村を発見し、松尾芭蕉と並び立つ作家として高く評価し直したことだ。子規は蕪村から多くのインスピレーションを受けた。この句の肝の「長うして」も、蕪村の〈春風や堤《つつみ》長うして家遠し〉のエッセンスを含む。

（明治33年）

5月2日

# 行く春や日記を結ぶ藤の歌

子規

日記の最後に一首、藤を詠んだ歌を添えたという意味。梅が春の訪れを告げる花なら、藤は春の終わりを告げる花だ。日記の日付をしみじみ見つめ、行く春を実感する。藤の歌といえば、この句と同じ明治34年に子規が詠んだ〈瓶《かめ》にさす藤の花ぶさみじかければたたみの上にとどかざりけり〉を思う。畳に届かぬ花房の短さ、己の先行きの短さ。2年前に詠んだ〈手に提げし藤士につくうれしさよ〉のうれしさとは対照的な、満たされぬ思いが、否定形の結びに滲《にじ》む。

（明治34年）

5月3日

# 春惜《おし》む宿や日本の豆腐汁

子規

冷やっこの夏が来る前に、あたたかな豆腐汁をすすり、行く春を惜しんでいる。素朴な味わいが、春をホッと締めくくってくれそう。「日本の」と称したことで、豆腐汁というシンプルな日常の料理が、和食を代表する存在となった。

外交官だった叔父・加藤拓川《たくせん》が、特任全権大使としてベルギーへ赴く際、子規は東京・根岸の名店「笹乃雪《ささのゆき》」の豆腐を送り、この句を添えた。春のみならず、叔父との別れを「惜む」句であった。

（明治35年）

5月4日

# 落ちさまに虻《あぶ》を伏せたる椿《つばき》哉

漱石

「あ」と声をあげたくなる瞬間だ。椿の一花が、木から落ちる途中で虻にかぶさり、そのまま地面へ。虻は、柔らかな椿の伽藍《がらん》の中で、しべにくすぐられ、何の夢を見ているか。小説『草枕』にも似た描写がある。宿の人がみな、どこかへ立ち退いたのを、虻にでもなって「蕊《ずい》に凝る甘き露を吸い損《そこ》ねて、落《おち》椿《つばき》の下に、伏せられながら、世を香《かん》ばしく眠っているかも知れぬ」と描いた。かつて詠んだ句が、漱石の小説のネタ帳になっている。

（明治30年）

5月5日

おもしろくふくらむ風や鯉幟《こいのぼり》

子規

鯉幟ではなく、風が膨らむと表現した、逆転の発想が面白い。鯉幟によって、見えないはずの風の形が見えたのだ。端午の節句、ふっくらと風に太る鯉幟が、男の子の健やかな成長を約束しているよう。この鯉幟、実は子規の青年時代に広まった新しい習俗で、かつては家紋を染めた幟や吹き流しを飾るのが一般的だった。「今は最も俗なる鯉幟のみ風の空に翻りぬ」と嘆じつつ、目新しい素材を句材に取り込む、子規のチャレンジ精神よ。

（明治26年）

5月6日

王城の石垣に鳴く蛙哉

竹村秋竹《しゅうちく》

立派な王城の石垣と、小さな蛙との配合に、ギャップがあって面白い。秋竹は松山・三津浜生まれの俳人。京都三高で河東碧梧桐と同窓、文学同好会を通じ高浜虚子とも知り合う。帝大英文学科へ進み子規庵へも親しく出入りしたが、書籍出版を巡って子規を怒らせ一門を離れた。島根で教員となった秋竹は、ある俳句好きの生徒に俳句や子規の思い出を語る。彼が後に虚子選「ホトトギス」で〈頂上や殊に野菊の吹かれをり〉などの名句をなす大正俳句のきら星、原石鼎《せきてい》だった。

（『なじみ集』）

5月7日

# 玻璃盤《はりばん》に露のしたゝる苺《いちご》かな

漱石

ガラスの平皿に、露のしたたる、みずみずしい苺が盛ってある。壊れやすい玻璃、儚《はかな》い露…透明なうせやすい美と隣接することで、苺のデリケートな美が、きらきらと引き出される。「かな」の切れ字によって、漱石は苺と自分との関係を切り、読者へすっと差し出した。

同時作に〈市《いち》の灯《ひ》に美なる苺を見付《みつけ》たり〉。街の明かりに照り映える苺、市井に美を見いだした喜びが下五にこもる。苺を食べる漱石先生、キュートであります。

（明治36年）

5月8日

# 朝夕に蟻《あり》のいみじさ限りなし

三並良《みなみはじめ》

朝な夕な、蟻たちは一心に列をなし働く。「いみじ」は程度のはなはだしさをいう語。地にあふれる蟻を、従順で哀れと見るか、生命力の象徴と肯定するか。生きる意味を問う句だ。ドイツ哲学者・三並良は、子規の母のいとこで、子規より二つ年上の兄貴分。2人は兄弟のように共に学び遊んだ。子規の晩年、病床を見舞った良。帰ろうとする彼に、子規は「もう少し居ておくれよ。お前帰るとそこが空つぽになるぢやないか」と泣いた。

（『なじみ集』）

## 林檎《りんご》くふて牡丹《ぼたん》の前に死なん哉

子規

5月9日

明治32年の今日、門弟の寒川鼠骨《そこつ》と福田把《は》栗《りつ》が、子規の見舞いに牡丹の鉢を持参した。子規は喜び『牡丹句録』を記す。その中で子規は「死別会」なるものを提案。参会者は香典の代わりに花か菓子を持参する。皆が死別の句を詠む間に子規は菓子を平らげ、花に囲まれながら薬をのみ永眠するという。その文章に続くのがこの句。食と美、子規の理想が語られた句なのだ。結核との闘いが始まる突然の喀血《かっけつ》の夜から、ちょうど10年がたっていた。

（明治32年）

## 卯《う》の花の散るまで鳴くか子規《ほととぎす》

子規

5月10日

万葉の昔から、卯の花と時鳥《ほととぎす》は初夏を告げるコンビ。卯の花は5月、木に白い花をわっと咲かせる。時鳥は喉が真っ赤なので、鳴いて血を吐く時鳥、喀血《かっけつ》の象徴とされた。明治22年の今日、不治の肺病と診断された子規。その夜、繰り返す喀血の中、時鳥を題に50句近くを詠む。この句もその一句だ。花の白と血の赤の鮮明な対比が心に刺さる。己に問うたのだ、命散るまで詠むか、と。そして彼は覚悟のように「子規」の名を選んだ。

（明治22年）

5月11日

## 卯《う》の花をめがけてきたか時鳥《ほととぎす》

子規

卯の花を選び、まっすぐ飛んでくる時鳥。卯の花と時鳥、古典的な取り合わせも、「めがけて」と意志を与えると、運命のカップルに見えてくる。明治22年の今日、子規は叔父の大原恒徳《つねのり》宛て、己の喀血《かっけつ》を告げる手紙にこの句を添えた。子規は卯年生まれ。卯の花＝私をめがけ、啼《な》いて血を吐く時鳥＝結核が訪れた、と諧謔《かいぎゃく》をこめて。俳句は諧謔の詩というが、それはただ膝を打つ面白さではない。子規の諧謔は、血の滲《にじ》む笑いであった。

（明治22年）

5月12日

## 蓮《はす》毎《ごと》に来《きた》るべし新たなる夏

漱石

池一面に葉を広げ、花を掲げる蓮。その一花一花を、若葉を抜けてきた初夏の風が弾《はじ》いてゆく。揺れる花の薄桃色が、新たな夏の到来を告げている。「来るべし」を、夏が来るはずだ、と解釈すると、蓮池に訪れる季節のめぐりの律義さを寿《ことほ》ぐ句になるし、夏よ来よ、と命令の意にとると、新しい季節を強く引き寄せる句となる。いずれの解釈も、夏を希求する力強い意志が「べし」に宿る。また新たなる夏が来る。蓮ごとに、人ごとに。

（制作年不詳）

## 5月13日

# 帰ろふと泣かずに笑へ時鳥《ほととぎす》

漱石

明治22年の今日、漱石は、結核と診断された子規を見舞った。その夜、漱石が子規へ書いた手紙が、2人の往復書簡の始まり。「to live is the sole end of man!」、生きることこそ人間の唯一の目的だと激励し、入院して治すよう勧め、この句を添えた。時鳥は「不如帰」とも書く。「帰るに如《し》かず＝故郷に帰るのが一番よい」と弱気で泣いたりしないで、友よ笑ってくれよ。漱石が初めて詠んだ俳句は、子規への励ましだった。

（明治22年）

## 5月14日

# 聞かふとて誰も待たぬに時鳥《ほととぎす》

漱石

その声を聞こうと誰が待つわけでもないのに、夏を精いっぱい鳴き続ける時鳥よ。けなげな声に切なさが募る。明治22年、結核と診断された子規へ、漱石が送った初めての俳句の一つ。頑張らなくていいから、今は休め、と励ましたか。病状を心配して子規の主治医を訪ねた漱石、軽症で入院は要らないと答えた医師を「不注意不親切」と非難し、子規に、セカンドオピニオンと休養を勧めた。漱石は、兄2人を結核で亡くしたばかり。友を守りたかったのだ。

（明治22年）

5月15日

## 四方から青みし夏の夜《よ》明《あけ》哉

子規

清少納言が『枕草子』の冒頭に「春は曙《あけぼの》。やうやう白くなりゆく山際《やまぎわ》…」と書くように、夜明けは普通、白むもの。それを子規は、夏の夜明けなら「青む」だと捉え直した。逆転の発想が知的だし、夜をこめて匂う青葉若葉の色を敏感に察知した、感覚的な魅力も持ち合わせている。「四方から」の表現が、青々と茂る木々、深い青空、この世界を包み込む夏の広やかさを描き出した。ただただ、まなうらに深い青を感じる、静かな夜明け。

（明治26年）

5月16日

## 継母《ままはは》の虚実にむせぶかやりかな

五百木飄亭《いおきひょうてい》

継母の虚実とは、義理の子も愛していると口では言いつつ、つい実の子をかわいがること？　つらくて流した涙を、蚊取り線香の煙にむせたせいにして。

明治25年5月某日、子規は同郷の句友・飄亭と「競《せり》り吟《ぎん》」に興じていた。同じ題で、なるだけ早く詠み合う句作法だ。その速さ、早くて10秒、遅くて1分。この句は「実」の字を詠み込む題の成果だ。子規は同じ題で〈初《はつ》松魚実《がつおげ》に〈好きな人は誰〉と詠む。初鰹《はつがつお》とは、健啖家《けんたんか》の子規らしい。

（明治25年）

5月17日

# 文《ぶん》与《よ》可《か》や筍《たけのこ》を食ひ竹を画《か》く

漱石

「噴飯《ふんぱん》」とはおかしくてたまらないことを表す成語だが、語源はこの文与可にある。文与可は中国宋代の画家、竹を描かせたら一流の名人だ。彼が筍の産地へ赴任した際、妻と筍を焼いて食べていると、友人の詩人・蘇東《そとう》坡《ば》から「きっと筍を食べているでしょう」と図星の手紙。その内容がウイットに富んでいて、文与可は思わず飯を噴き出し笑った。食うて描いて、筍を味わい尽くす画家。その一《いち》途《ず》なエピソードを踏まえ、軽快に詠んだ。

（明治30年）

5月18日

# 雀《すずめ》の子忠三郎も二代かな

子規

晩春に生まれた雀の子が、よちよちと遊んでいる。忠三郎も二代目の赤子を得た。雀と人間、おのおのの家族の営みが、ほのぼのと描かれる。忠三郎の「三」、二代目の「二」。一番でなくてもいい、平凡でも幸福な、市井の明るさに満ちた句だ。明治35年、子規の叔父・加藤拓川《たくせん》に息子が生まれたのを祝した句。その名は忠三郎、かつて拓川の幼名も忠三郎だった。二代目の忠三郎は、子規の死後、妹・律の養子となり、正岡家を継ぐこととなる。

（明治35年）

5月19日

# ゑいやつと蠅《はえ》叩《たた》きけり書生部屋

漱石

下宿の書生さんの部屋から「えいやっ」と気合の入った声。何かと思えば、蠅を叩いただけという、トホホな一句。学生時代というのは、とかくエネルギーを無駄遣いしがちだ。力が有り余っていながら、その使い道が見つかっていない、モラトリアムの時代。そのもどかしさを、掛け声と「けり」の切れ字で振り切った。案外、蠅は捕り逃してしまい、昼寝していた同室の書生を叩いて起こす結果となったかもしれない。

（明治29年）

5月20日

# ラムネの栓天井をついて時鳥《ほととぎす》

子規

浦賀に来航したペリーは、黒船の上でレモネードをふるまった。当時の瓶はコルク栓、侍たちは開栓の「ポン！」という音を銃声かと思い、思わず刀に手をかけたとか。レモネードがなまって「ラムネ」となり、全国に広まった。

子規の句のラムネも、コルクタイプだ。抜いた栓が天井を突く勢いを夏らしいと感じ、夏の代名詞・時鳥と合わせたか。新素材のラムネと、伝統詩歌の代表選手である時鳥との出合いが楽しい。

（明治24年）

## 衣更《ころもかえ》て見たが家から出て見たが

漱石

5月21日

だからどうした、脱力系俳句である。衣替えしてみたが何なのか。家から出てみたが何なのか。感想は省略してあるが、「が」の逆接、いまいち変化の実感がないといいたいのだろう。本当に夏が来たのかねえ。衣替えしても、相も変わらぬ自分だなあ。

更衣《ころもがえ》は初夏の季語。冬の衣類をしまい夏服に切り替えたものの、肌の露出が増え、すーすーと風の通りがよすぎて心もとない気も。近所の公園のベンチまで来て、ぼんやり若葉を仰ぐ。

(明治36年)

## 城山や筍《たけのこ》のびし垣の上

柳原極堂《きょくどう》

5月22日

松山城へのぼる坂道を歩くと、いつの間にか筍が背を伸ばしている。筍の生命力はすごい。出だしたと思えばみるみる伸び、若竹へと姿を変えるのだ。この筍はもう食べられないが、かわりにみずみずしく艶めく緑の幹で、行く人の目を喜ばせるだろう。それにしても、高さの演出が巧みな句だ。天へそびえる石垣。その上に、さらにまっすぐ伸びる筍を配し、頂上に鎮座する城の高さが際立った。城のさらに上に広がる、空の奥ゆきよ。

(『草雲雀』)

5月23日

# 蝙《こう》蝠《もり》に錨《いかり》投げ込む音暗し

子規

蝙蝠の飛び交う夕間暮れ。夜を停泊するため、船が海面へ錨を投げ込む。錨の着水する重たい音。聴覚の音を、視覚の「暗し」に転換し、迫りくる夜の闇まで感じられる句となった。船上の、重く暗い夜の幕開けだ。

明治28年の今日、日清戦争に従軍した子規は、大陸から神戸・和田岬に帰還する。帰路の船上、劣悪な環境に喀血《かっけつ》を繰り返し、容体は急激に悪化。下船後も歩けず、釣台で運ばれ神戸病院に入院した。ここから大患の日々が始まることとなる。

（明治28年）

5月24日

# 夏草やベースボールの人遠し

子規

明治23年の今日、子規はベース4個とバットを買いに出た。翌日、東京・隅田川沿いで、寄宿舎のベースボール大会を開くのだ。子規が住んでいた常盤会《ときわかい》寄宿舎は、旧松山藩の学生寮。子規は秋山真之《さねゆき》ら郷里の友と、来の野球に夢中だった。後の子規門の双璧、河東碧梧桐も高浜虚子も、子規からまず学んだのは俳句ではなく野球。この句は明治31年、病臥《びょうが》の作だ。茂る夏草のかなたで野球する人の遠さ、若き青春の日の遠さが眩しい。

（明治31年）

野球のユニフォーム姿の子規
（松山市立子規記念博物館蔵）

5月25日

# 尻に敷《しい》て笠《かさ》忘れたる清水《しみず》哉

漱石

明治22年の今日、夏目漱石は誕生した。子規の自作の和漢詩文集『七草集』に批評を書いた際、初めて彼は「漱石」というペンネームを用いたのだ。漱石とは、負け惜しみでへそ曲がりの意味。石を枕に寝て水の流れに漱《くちすす》ぎ、自然の中で暮らしたい、という言葉を「石に漱ぎ流れに枕す」と言い間違えた、中国の故事に由来する。

今日の句、さらさらと光る清水と、置き去りの編み笠。小流れに素直に漱がんとした、涼しき風景なり。

（明治29年）

## 独《ひとり》身《み》や髭《ひげ》を生《はや》して夏《げ》に籠《こも》る

漱石

独身で気ままに髭を生やし、家に籠る自分を、夏籠りの修行僧に重ねたか。

明治28年の今日、漱石は子規へ手紙を書いた。春から赴任した松山で、漱石は退屈していたのだ。結婚、放蕩《ほうとう》、読書のどれかがなければ「大抵の人は田舎に辛防《しんぼう》は出来ぬ」。漱石はまだ独身だし、教師だから放蕩三昧《ざんまい》もできない。だから、おすすめの本を送るよう子規に頼んだ。さらには、俳句指導も希望する漱石。同級生にして師弟、新たな2人の関係が滑り出す。

（明治29年）

5月26日

## 笠《かさ》を着て誰に田植の薄化粧

子規

田植えをする早乙女の、深くかぶった笠の下から、薄化粧の顔がちらりと覗《のぞ》く。誰のために化粧したのかと、早乙女の恋心をさわやかにひやかした。学生時代、漱石の家の近所、東京・早稲田を散歩した子規と漱石。水田には、植えたばかりの苗が心地よくそよぐ。そこで判明した驚きの事実が。漱石は、ふだん食べている米が、いま目の前にそよいでいる苗の実だと知らなかったのだ。子規はここぞとばかり、これだから都会っ子は、とひやかした。

（明治26年）

5月27日

5月28日

# 若葉して手のひらほどの山の寺

漱石

若葉の山寺という素材はやや古めかしいが、「手のひらほどの」に血が通っている。手のひらくらい小さな山寺。人間の体の部位になぞらえたことで、静けさの中にあたたかな体温が加わる。若葉の木漏れ日にかざした手のひらは、山を登ってきて、少し汗ばんでいるか。『西遊記』に、自分の力を誇示する孫悟空が、結局釈迦《しゃか》の手のひらの上で飛び回っているだけだったという逸話がある。手のひらは、ちっぽけで、そして広いのだ。

（明治30年）

5月29日

# 野の宮に花《はな》橘《たちばな》のさかり哉

勝田主計《しょうだかずえ》

野の宮とは、巫女《みこ》となる皇族女性が、身を清めるため籠《こも》る施設。『源氏物語』にも、年下の光源氏との恋に悩む六条御息所《ろくじょうのみやすどころ》が、源氏と別れる舞台として登場した。2人は変わらぬ愛を確認し、涙を流し合う。和歌においては橘は、昔の恋人を懐古する花。花橘の香が、かつての野の宮の恋の場面を思い出させて。古典に忠実な和歌的一句だ。子規が親しい人の俳句を集めた『なじみ集』から引いた。政治家・勝田主計も、松山時代からの子規の友人。

（『なじみ集』）

5月30日

## 五月雨《さみだれ》や畳に上《あが》る青蛙《あおがえる》

子規

五月雨は、陰暦5月、今だと6月ごろに降り続く雨のこと。しとしとと降り続き、なんとなく気分も上がらない。そんな鬱々《うつうつ》とした部屋に、ふいの来訪者が。雨に誘われて活動的になった蛙が、縁側から畳の上まで、ぴょんと上がってきたのだ。雨蛙のさわやかな緑や、畳のいぐさの香りなど、五感がゆたかに刺激される。寝返りもままならない病床の子規にとって、この小さなお客さんは、どんなにか新鮮でうれしかったことだろう。

（明治34年）

5月31日

## 安々と海鼠《なまこ》の如《ごと》き子を生めり

漱石

胎脂をまとった生まれたての赤ん坊の、ぬるりとした異生物感を、冬の季語・海鼠でたとえた。明治32年の今日、漱石は父となる。娘・筆子《ふでこ》が生まれたのだ。「安々と」は、安心の「安」。つわりもひどく流産も経験した妻が、無事安産を迎え、心から安堵《あんど》した。産む側からしたら「安々と、なわけないやん、痛いっつーの」「もっとかわいい比喩あるやろ」と突っ込みたいが、海鼠のリアルさが、妻に付き添った愛を証明しているので、許す。

（明治32年）

## 空気の読めない子規

明治23年、漱石が厭世観を示した手紙に、子規は茶化した返信をした。笑わせて元気にしようという意図だったが、漱石は真に受けて腹を立てる。子規は意図が伝わらなかったことを誠実に詫び、仲直りした。子規、実は空気が読めない人？一連の手紙から抜粋を以下に。

8月9日　漱石⇩子規

この頃は何となく浮世がいやになり、どう考へても考へ直してもいやで〳〵立ち切れず、去りとて自殺するほどの勇気もなき（略）小生箇様な愚痴ッぽい手紙君にあげたる事なし。かかる世迷言申すはこれが皮きり也。苦い顔せずと読み給へ。

8月15日　子規⇩漱石

何だと女の祟りで眼がわるくなつたと、笑ハしやァがらァ（略）「立ち切れず」ときたからまた横に寝るのかと思へバ今度ハ棺の中にくたばるとの事、あなおそろしあなをかし。

8月下旬　漱石⇩子規

詩神の代りに悪魔に魅入られたかと思ふやうな悪口あり。（略）滑稽の境を超えて悪口となりおどけの旨を損して冷評となつては面白からず。

8月29日　子規⇩漱石

御手紙拝見寝耳に水の御譴責状は実ニ小生の肝をひやし候（ひやし也ひやかしにあらず）。（略）一笑を博せんと思ひて千辛万苦して書いた滑稽が君の万怒を買ふたとハ実に恐れ入つた事にて小生自ら我筆の拙なるに驚かざるを得ず、何ハともあれ失礼の段万々奉恐入《おそれいりたてまつり》候。

○正岡　律　まさおか・りつ
明治3年10月1日～昭和16年5月24日
松山市生まれ。子規の妹。母・八重とともに病床での子規の創作活動を支えた。子規没後は和裁教師などで生計を立て、後に母方の叔父・加藤恒忠の3男・忠三郎を養子に迎え、正岡家を継承。財団法人子規庵保存会初代理事長

# 六月

仲夏

子規の妹・律

6月1日

## カナリヤの卵腐りぬ五月晴《さつきばれ》

子規

「五月晴」は陰暦5月の晴れ間のこと、今でいう6月ごろの、梅雨の晴れ間を指す季語だ。鬱々《うつうつ》と続く雨の湿気にやられたか、籠のカナリアの卵が、いつの間にか腐ってしまっていた。動作が終わったことを表す「ぬ」という助動詞が、小さな命の死を重たく念押ししている。五月晴れのじっとりとした空気感を、日常の小事件を通して、静かに表現した。雨の日ではなく、あえて晴れ間に発見することで、かえって哀れが際立つ。

（明治35年）

6月2日

## 垣老《お》いて虞《ぐ》美《び》人《じん》草《そう》のあらはなる

漱石

虞美人草はヒナゲシの別名。目隠しの生け垣が老いて痩《や》せたことで、家の中が外からあらわになり、庭に咲く虞美人草が見えた。赤く揺れる色彩が魅惑的だ。ダブルミーニングの好きな漱石だから、虞美人草は女性の比喩か。

明治40年作の小説『虞美人草』は、美しき悪女・藤尾の死で閉じられる。彼女の逆さ屏《びょう》風《ぶ》には、虞美人草を描いた銀の屏風が立てられた。この句は小説の翌年の作。美人の生活を垣間見る、男の視線を潜ませて。

（明治41年）

6月3日

## めでたさに石投げつけん夏小袖

子規

めでたくてなぜ、石を投げつける暴挙に出るのか。夏小袖は、涼しげな夏の和服。女性の絡む妬《ねた》みらしい。答えはこの句の前書きにある。「極堂の妻を迎へたるに」、明治29年6月、「海南新聞」同僚である岩崎一高《かずたか》の妹・トラと結婚した、柳原極堂への祝句なのだ。気心の知れた友達同士が「お前、結婚するんか？　ニクい奴《やつ》め、このッ！」と小突き合う感じだろうか。「石投げつけん」の勢い余った祝辞に、子規と極堂の親しさが見える。

（明治29年）

6月4日

## 病床に夏《なつ》橙《だいだい》を分《わか》ちけり

子規

世界から隔たった病床の風景に、夏橙の明るい黄色が、季節を連れてくる。この句、「分ちけり」がいい。二つに割いた瞬間、爽やかな香りがパッと広がる。

明治28年の今日、母・八重と河東碧梧桐が、神戸病院に入院中の子規の看病のため、東京から到着した。その日の病床日誌には、夏橙を食べたとある。

「分かつ」には分け合う意味も。死にゆくその日まで人の絶えなかった、にぎやかな子規の病床を象徴する句だ。

（明治33年）

6月5日

筍《たけのこ》の竹になる日を風多し
柳原極堂《きょくどう》

筍がぐんぐん伸びて、いつしか竹になる。その日は、ことによく風の吹く日だった。青空に触れ初めた若竹が、風にゆさゆさと揺れる姿は、涼しげで清らか。

子規は、この句や〈夕立のあとを小草に入る日かな〉〈奈良は鹿の鳴かざるを見て戻りけり〉などを例に、極堂の特徴を、助詞「を」に見た。なるほど、夕立と入日、旅先と帰路、筍と竹…経過する時間を「を」で結んだことで、太陽や旅人、風など、動く主体の躍動感が出る。

（『草雲雀』）

6月6日

立て懸《かけ》て蛍《ほたる》這《は》ひけり草箒《くさぼうき》
漱石

無造作に庭に立てかけた箒に、近所の川から飛んできた蛍が静かに這っている。漱石最初期の作に〈蛍狩われを小川に落《おと》しけり〉〈とぶ蛍柳の枝で一休み〉があるが、いずれも幼い発想の擬人化が目立つ。対して今日の句は、みなしを控えありのままを淡々と述べた。子規の指導を経て写生を実践した結果、和歌の時代から恋や儚《はかな》い命の象徴として詠まれてきた蛍を、日常の隣に生きるシンプルな生物として、新鮮に捉え直す句となった。

（明治30年）

# 蛍火《ほたるび》にひかれてまよふ土手の道

清水則遠《のりとお》

蛍に夢中になり、迷ってしまった土手の道。幽玄の蛍の光と、闇をゆく川音とに、彼岸と此岸《しがん》の境を意識する。蛍も、誘われる人間も、儚《はかな》い命であることよ。

則遠は子規の幼なじみで、東京でも同宿の学友だったが、栄養失調が原因で、明治19年春に急逝する。放心する子規を、秋山真之《さねゆき》は「しっかりおしや」と一喝。18歳の子規は、松山の親族に代わって喪主となり、立派に葬儀を行った。友と共に乗り越えた、親友の死の悲しみだった。

（『なじみ集』）

松山中学の同級生。前列右子規、左清水則遠、後列左極堂
（松山市立子規記念博物館蔵）

6月8日

## とんねるに水踏む音や五月闇《さつきやみ》

子規

ジャパニーズホラーの趣のある句。梅雨どきの鬱蒼《うっそう》とした暗さを五月闇というが、子規はそれをトンネルの中の闇とリンクさせた。ひんやりと濡《ぬ》れたトンネルの内部。壁を漏れる水が、地面に水たまりを作り、トンネルをゆく足を冷たく濡らす。ちゃぷん。不確かな水の感触。焦点を音に絞ったことで、視覚を封じられた闇の中、五感を研ぎ澄ませている主体の緊張感が伝わる。トンネルを抜けたら、外は梅雨。耳は、雨音を取り戻す。

（明治29年）

6月9日

## 蓁々《しんしん》たる桃の若葉や君娶《きみめと》る

子規

明治29年の今日、漱石は熊本で結婚した。子規の贈った祝句がこれだ。「蓁々たる」は草木の茂るさま。桃の葉の茂る夏、君は妻を娶り結婚したのだなあ。上五中七は、中国最古の詩集『詩経』の「桃夭《とうよう》」から。「桃の夭《よう》夭《よう》たる　其《そ》の葉は蓁蓁たり　之《こ》の子、于《ここ》に帰《とつ》がば　其の家人に宜《よろ》しからん」。ふさふさ茂る若い桃の葉、この娘が嫁げばその家の人に気に入られる…という祝婚詩だ。子規は古典の詩を介し、友の記念日をみずみずしく祝った。

（明治29年）

6月10日

# 衣《ころも》更《か》へて京より嫁を貰《もら》ひけり　漱石

結婚式を終えた漱石は、翌日さっそく子規に手紙を書き、この句を添えた。夏服に衣替えして、ガラリと暮らしが変わった感覚に、妻を迎えた生活の変化を重ねたのだ。さらに「京より」に「今日より」をかけている。熊本に赴任中の漱石は、東京から妻・鏡子を呼び寄せ、借家の離れの6畳間で小さな式を挙げた。漱石は暑さをこらえ、冬用のフロックコートを着用。式を終え、礼装を脱いだ解放感が「衣更へて」と呟《つぶや》かせたのかも。

（明治29年）

6月11日

# もりあげてやまいうれしきいちご哉　子規

籠に積まれた山盛りの苺《いちご》。病気だから、この苺を用意してもらえるのだ。ああ、病気ってうれしいなあ。従軍から帰国後、一時は危篤に陥った苦しい病状にありながら、あえて「やまいうれしき」と言ってのけた、子規の反骨よ。神戸で入院中の子規のため、後輩・高浜虚子と河東碧梧桐は、毎朝交代で苺畑に通い、新鮮な苺を採ってきた。この苺のうれしさが忘れられず、子規は東京に戻った後も、庭に西洋苺を植えて楽しんだ。

（明治28年）

## 金魚玉置きてぬれたる跡ぞかし

歌原蒼苔《そうたい》

ここが濡《ぬ》れているのは、金魚玉（金魚鉢）を置いたから。「ぞかし」は強い断定。金魚玉の雫《しずく》で濡れた跡に、情趣を見出し感激しているのだ。些事《さじ》を面白がれるのが、俳人の条件である。歌原蒼苔は松山生まれ、子規の祖母の弟の息子だ。同じく親類の藤野古白に俳句を学び、子規に「其《その》句奇抜なる者又は実景を写して新鮮なる者多し」と評された。この句も、金魚玉本体でなく、その跡を詠む奇抜さと、みずみずしい実景が、新鮮な印象を与える。

（『歌原蒼苔句集』）

6月12日

## 寝床並べて苺喰《いちごく》はゞや話さばや

子規

寝床を並べて、苺を食べようよ、話をしようよ。甘酸っぱい苺をつまみながらの語らいは、青春の友情の一ページのようだ。「同病相憐」と題し、肺尖《はいせん》カタルと診断された若き門弟・原抱琴《ほうきん》へ送った句だ。

抱琴は、政治家・原敬の甥《おい》。聡明寛達《そうめいかんたつ》の美少年で、10代の頃から子規庵や虚子庵の句会に参加し、将来を嘱望されたが、30歳で病死した。この句は、同じ病を生きる〝隣人〟抱琴への、子規の精いっぱいの優しさだった。

（明治34年）

6月13日

6月14日

# 夏服に汗のにじみや雲の形

原抱琴《ほうきん》

半袖シャツか、紺《こん》の絣《かすり》か。夏服の汗のにじみが、雲の形に似ていると切り取った。汗じみが広がるように、雲も不定形の存在。はるかの雲を眺める眼《め》は、涼しげだ。明治33年6月、子規庵の句会の一句。

子規派の若き門弟・抱琴は、老成した技巧が紡ぐ、情趣ゆたかな作品が特徴だ。子規は自分と同じ結核を病んだ抱琴に「俳句を作れば病気はなほる」と伝え、励ました。抱琴はこの言葉に子規の命の源泉を見て、生涯、座右の銘とした。

（明治33年）

6月15日

# 生き残る骨身に夏の粥《かゆ》寒し

子規

明治29年の今日、明治三陸地震が起きた。東北を大津波が襲い、死者・行方不明者は2万人超。新聞「日本」でも子規が書いたとされる記事「海嘯《かいしょう》」が掲載、俳句14句とともに速報を伝えた。〈ごぼ〳〵と海鳴る音や五月雨《さみだれ》〉〈五月闇《つきやみ》〉〈時鳥《ほととぎす》救へ〳〵と声急なり〉は人の涙と思ふべし〉。今日の句も同日掲載。暑いはずの夏、温かいはずの粥を、正反対の「寒し」と感じる壮絶な現実。それでも、生き残った者は、生きるために、粥をすする。

（明治29年）

6月16日

# 余命いくばくかある夜短し

子規

自分の余命はあとどのくらいだろう。すぐ明けてしまう夏の短夜に、病臥《びょうが》の己の短命の儚《はかな》さを重ねた。暑苦しさと痛みで眠れぬ夜に、遠くない死を思う。

明治30年の今日、子規は熊本の漱石に手紙を書き、この句を添えた。「親など近くして心弱きことも申されねば却《かえっ》て千里外の貴兄に向つて思ふ事もらし候」。近くにいる親には弱音を吐けないので、遠くの君に思いを洩《も》らしてしまったよ。距離が人を素直にさせることもある。

（明治30年）

6月17日

# 法印の法螺《ほら》に蟹《かに》入る清水かな

漱石

法印とは山伏の別称。修行のため山路をゆく法印は、喉を潤すため、清水湧く水辺に寄り、草の上に法螺貝を置く。法印の休む間、清水に棲《す》む蟹が這《は》い出て、法螺貝を出入りする…人間と自然との、のどかな交歓の風景だ。漱石の頭には、狂言「蟹山伏」があったかも。山中で蟹の精に遭った山伏が、修行の成果を見せんと祈るが効果はなく、はさみで挟まれ投げ倒される、滑稽な話だ。この句も、法印と蟹が対等なのが涼しい。

（明治40年）

6月18日

# 学校の試験過ぎたる昼寝哉

子規

試験の時間はとっくに過ぎた。いいんだ、俺は昼寝でもしているさ。試験の暑苦しさから解放され、退廃的な涼しさに身を任せる。学生時代、子規はよく学校や試験をさぼった。漱石は心配し、落第しないよう教授に掛け合うなど、友のために奔走する。明治25年の今日も、子規は哲学の試験を欠席。漱石は即座に、追試を促す手紙を送った。真面目な漱石と、不真面目…否、おおらかな子規。パズルのピースがぴったりはまったのだ。

（明治31年）

帝国大学法科および文科大学

うつくしき棺《ひつぎ》行くなり五月雨《さつきあめ》

子規

6月19日

降り続く長雨の中を、濡れながら棺が出てゆく、葬送の場面だ。人間に言及せず、棺と雨のみを描いた静けさよ。棺という悲しみの器を、美しいと捉えたことで、死を悼み立派な棺を用意した人々の喪失の深さや、いくら棺が美しくとも帰ってこないその人の死の、とりかえしのつかなさが伝わってくる。きっぱり「なり」と切って、戻ることのない死出の旅の、永遠の一方通行を強調した。やまない五月雨は、見送る人々の涙か。

（明治27年）

猫も聞け杓子《しゃくし》も是《これ》へ時鳥《ほととぎす》

漱石

6月20日

「猫も杓子も」とは、誰も彼もみな、の意味。みんな姿勢を正して、夏を告げる時鳥の声を聞きなさい。杓子とは汁物をすくう道具だ。猫を呼び、杓子をそばに置いて、時鳥に耳を澄ます漱石先生は、どう見ても変人である。滑稽味あふれる句。

〈生まれては死ぬるなりけりおしなべて釈《しゃ》迦《か》も達磨《だるま》も猫も杓子も〉は、とんちで有名な一休の歌。全ての命は、生まれたら死ぬ運命なのだ。滑稽の彼方に、啼《な》いて血を吐く時鳥の声が深閑《しんかん》と響く。

（明治28年）

## 六月を奇麗《きれい》な風の吹くことよ

子規

6月21日

6月になると、必ず思い出してつぶやくのがこの句だ。これが5月や7月なら当たり前。6月の梅雨の時期だからこそ、綺麗な風の尊さを実感する。じとじと続く雨の日々、湿度の高い空気が、肌に粘っこくまとわりつく。そんな中、さっと一陣、気持ちのよい爽やかな風が。「奇麗な風」というこの上なく素直な表現や、「よ」の親しい呼びかけが、子規のうれしい心をのびやかに伝えてくれる。ほんとやね、のぼさん、ええ風やわい。

（明治28年）

## 君を送りて思ふことあり蚊帳に泣く

子規

6月22日

明治30年、秋山真之《さねゆき》の米国留学送別の句。友を見送る寂しさに、病臥《びょうが》の我の悔しさに、泣く子規か。学生時代、松山へ帰省する真之へ、子規は〈海神も恐るる君か船路には灘の波風しづかなるらん〉、海神も恐れる君だから、航路は無事だ、と送った。真之は〈送りにし君かこゝろを身につけて波しすかなる守りとやせん〉、僕を思う君の心をお守りに帰るよ、と返した。約10年後、アメリカへたつ真之。子規の言葉のお守りを心に抱いて。

（明治30年）

6月23日

# 物や思ふと人の問ふまで夏痩《なつや》せぬ

漱石

夏痩《なつやせ》とは、暑さで食欲が減退し、痩せてしまうこと。上五中七は、『百人一首』の〈しのぶれど色に出《い》でにけり我が恋は物や思ふと人の問ふまで　平兼盛〉のオマージュだ。隠していたのに、恋心が自然と表情に出ていたのか、人に「恋の悩みでもあるのか」と聞かれたよ。漱石はこの「物や思ふ」、一途な恋心を、病的な季語・夏痩と結びつけた。恋をしてご飯が喉を通らないのかと心配されるほど、夏痩せしています…恋もまた、病の一つ。

（明治29年）

6月24日

# 鳴きもせでぐさと刺す蚊や田原坂《たばるざか》

漱石

ぷーん、と音もさせず、いきなり刺してくる蚊も、田原坂らしい…。田原坂は、熊本にある西南戦争の古戦場だ。政府の官軍と反政府の薩摩軍が死闘を繰広げ、両軍合わせて約1万4千人の死者を出した激戦だった。明治10年、漱石が10歳の年のこと。

この句は20年後、熊本赴任中の作だ。背後に忍び寄り一息に敵を刺す兵士の息遣いが、蚊の動作で再現されている。小さな蚊には不釣り合いの「ぐさと」の重みが、血なまぐさい歴史を物語る。

（明治30年）

6月25日

# 卯《う》の花を雪と見てこよ木曽の旅

藤野古白《こはく》

卯の花を雪のようだと見ながら行っておいで、木曽の旅へ。こまごまと咲く白い卯の花を雪と見るのは、和歌由来の発想。山旅なら、きっと卯の花も咲き、時鳥《ほととぎす》も鳴いている。ひんやりとした高地の空気は、比喩の雪にも真実味を与えるだろう。

大学の学年試験を放棄し、信州・木曽路を巡って帰郷する子規へ、いとこの古白が送った句だ。明治24年の今日、子規は東京・上野を汽車でたった。一足早い夏休みのはじまり、はじまり。

（明治24年）

6月26日

# 馬の背や風吹きこぼす椎《しい》の花

子規

馬で行く旅の途上、若葉をざあっと風が過ぎれば、椎の大樹がほろほろと、淡黄色の花房をこぼす。木曽を旅した紀行文『かけはしの記』の一句。木曽で椎の花といえば、芭蕉が旅立つ弟子へ贈った〈旅人のこころにも似よ椎の花〉。風雅を求め木曽路を行く旅人の心に応え、椎の木よ、花を咲かせよ。子規は芭蕉の句を踏まえ、椎が応えて旅人われへ花を降らせた瞬間を詠んだ。椎を仰ぐとき、子規の心は時空を超え、芭蕉とつながる。

（明治25年）

6月27日

## 青梅や空《むな》しき籠に雨の糸

漱石

青梅の実がたわわになるころ、主を失った空っぽの鳥籠には、ただ糸のように細く、雨が降るのみだよ。梅が熟するころの雨とは、梅雨の長雨。しとしと降り続くほどに、寂しさと憂いがつのる。

「悼亡」と前書きがある。弟子の松根東洋城《とうようじょう》が、ペットの文鳥の死を知らせたことに対する、返信に添えた句なのだ。小さな命の喪失に、そっと寄り添う静かな言葉。漱石の優しさが垣間見える一句である。

（明治41年）

6月28日

## 歯が抜けて筍《たけのこ》堅く烏賊《いか》こはし

子規

食べ物の句はおいしそうに詠め、とよく言われるが、この句はその定説から逸《そ》れたところで面白みを発揮している稀《まれ》な例。歯が抜けてしまったので、ものが食べにくく、筍も堅い、烏賊も堅い。二つの食材の、味ではなく食感に焦点を絞ったのがユニークだ。トホホな現況をそのまま述べたように見えるが、同じ語が2回続いて単調になるのを避けるため、同義の「堅し」「こはし」を使い分けるなど、ひそかなる技巧の裏打ちもある。

（明治35年）

6月29日

# 薔薇《ばら》ちるや天似孫《てにそん》の詩見厭《みあき》たり

漱石

薔薇の花も散った、テニソンの詩も見飽きてしまった。愛が深ければ倦怠《けんたい》も訪れるだろう。テニソンは19世紀イギリスの詩人。「西は薔薇色、南も薔薇色、あの娘の頬は薔薇の花。あの娘の口も薔薇の花」、乙女への愛の高揚を、軽快な言葉運びに刻んだ、詩集『モード』の一節だ。英文学専攻の漱石も、テニソンを愛読した、日本の若き文学者の一人だった。

それにしても「天似孫」という当て字が立派だ。唯一無二の存在感がある。

（明治36年）

6月30日

# ビール苦く葡萄酒《ぶどうしゅ》渋し薔薇《ばら》の花

子規

ビールは苦いし、葡萄酒は渋い。西洋の酒への率直な感想に、西洋の花の代表・薔薇を合わせた。薔薇の美しさだけは、否定するべくもない。明治31年の今日、子規は郷里の友人・河東可全《かぜん》から、見るのも初めてのシャンパンを贈られる。たまたま松山から来た柳原極堂と、さっそく乾杯。この晩餐《ばんさん》で子規は、雑誌「ほとゝぎす」を高浜虚子に譲るよう話す。かねて発行が負担だった極堂は、申し出を受け入れた。シャンパン会議での一幕。

（明治25年）

## 子規から漱石への最後の手紙

漱石が『吾輩ハ猫デアル』中編自序にも引用した。二人の往復書簡集には漱石から子規への手紙が多いが、その逆は少ない。子規が筆不精かと思えば否、子規のほうが物持ちで漱石の手紙を保管していたのだ。子規の手紙は漱石のもとで散逸したものも多い。それでも、この手紙は大切に筐に入れて保管していた。折に触れ、読み返していたか。

※

僕ハモーダメニナッテシマッタ、毎日訳モナク号泣シテ居ルヨウナ次第ダ、ソレダカラ新聞雑誌ヘモ少シモ書カヌ。手紙ハ一切廃止。ソレダカラ御無沙汰シテスマヌ。今夜ハフト思イツイテ特別ニ手紙ヲカク。イツカヨコシテクレタ君ノ手紙ハ非常ニ面白カッタ。近来僕ヲ喜バセタ者ノ随一ダ。僕ガ昔カラ西洋ヲ見タガッテ居タノハ君モ知ッテルダロー。ソレガ病人ニナッテシマッタノダカラ残念デタマラナイノダガ、君ノ手紙ヲ見テ西洋ヘ往タヨウナ気ニナッテ愉快デタマラヌ。モシ書ケルナラ僕ノ目ノ明イテル内ニ今一便ヨコシテクレヌカ（無理ナ注文ダガ）。

画ハガキモ慥ニ受取タ。倫敦ノ焼芋ノ味ハドンナカ聞キタイ。

（略）僕ハトテモ君ニ再会スルコトハ出来ヌト思ウ。万一出来タトシテモソノ時ハ話モ出来ナクナッテルデアロー。実ハ僕ハ生キテイルノガ苦シイノダ。僕ノ日記ニハ「古白曰来」ノ四字ガ特書シテアル処ガアル。

書キタイコトハ多イガ苦シイカラ許シテクレ玉エ。

明治三十四年十一月六日　燈下ニ書ス。

東京　子規　拝

倫敦ニテ

漱石兄

○内藤鳴雪　ないとう・めいせつ（本名：素行）
弘化４年４月15日～大正15年２月20日
伊予松山藩江戸中屋敷に生まれる。旧藩主・久松家の諮問員、常盤会寄宿舎監督（舎監）を務める。寄宿生であった21歳年下の子規を、俳句の師とした。俳号の「鳴雪」は、「何事も成行きに任す」の、当て字という。『吾輩ハ猫デアル』に登場する迷亭の伯父「牧山翁」のモデルとも

# 七月

晩夏

内藤鳴雪

## 夏嵐机上の白紙飛び尽《つく》す

子規

7月1日

夏嵐は、青葉を吹き渡る強い南風のこと。ザワアッと外の世界が動いた瞬間、一陣の風が吹き込んで、机上に積んであった白紙が、バッと飛び散った。夏嵐の青と白紙の白、色彩の対比がビビッドで、そのままアニメのワンシーンになりそうな、視覚的な句である。

白紙とは、これから何でも描ける、未来のかたまり。一瞬にして飛び尽くした白紙の眩《まぶ》しさは、短い生を駆け抜けた子規の、魂の燃焼の光だ。光陰、矢の如《ごと》し。

（明治29年）

## 馬の蠅《はえ》牛の蠅来る宿屋かな

漱石

7月2日

芭蕉は『奥の細道』で〈蚤虱《のみしらみ》馬の尿《ばり》する枕もと〉と詠んだ。蚤や虱が痒《かゆ》く、馬もすぐそばに繋《つな》がれ、放尿の音が間近に聞こえる、粗末な宿の旅寝です…。枕元で馬がおしっこするのはさすがに誇張だろうから、旅寝の困難を大げさに表したのだ。

漱石の句も想は同じ。家畜の牛馬にたかる蠅が、枕元にぶんぶん飛んでうるさい、ひなびた宿の風情だ。「馬の蠅牛の蠅」の簡潔な対句が、軽快で滑稽。庶民の俗を詩材とする、俳諧の本道の句。

（明治30年）

とけやすきとはいひなから夏氷

大谷是空《ぜくう》

7月3日

夏氷とは、削った氷に蜜をかけた、かき氷のこと。前書きに「追悼」とある。溶けやすいと分かっていても食べたくなる夏氷に、いつか死ぬと分かっていても精いっぱい今を生きた人間を重ねた。人生の短さ、夏氷の溶ける時間の短さ。岡山出身の是空は、子規の学生時代の親友だ。筆まめな2人は多くの書簡をやりとりした。是空によると、子規は学生時代から「研究家で勉強家で意思の強き人で記憶力のよき人で文章家」だったという。

（『なじみ集』）

幽霊の出る井戸涸《か》れて雲の峯《みね》

子規

7月4日

幽霊が出るという井戸の水も涸れ、空にはたくましい雲の峰。圧倒的な夏の陽光が、幽霊の気配を拭い去る。

明治23年の今日、子規は大阪で、大谷是空《ぜくう》と、丸山応挙の幽霊の絵を見ていた。久々の親友との再会。近所の写真屋で撮ったツーショットでは、正座して真顔で膝を突き合わせている。写真には、是空が〈石地蔵斯《こう》して見ればしほらし、〉、子規が〈山猿やきものをきせてすわらせて〉と、若者らしいワルノリの句を添えた。

（明治31年）

ターナー島（四十島）古写真

7月5日

# 無人島の天子とならば涼しかろ

漱石

もし無人島の天子になったら、涼しく暮らせるだろうなあ。天子とは、天下を治める君主のこと。臣民もいない無人島の天子とは論理破綻しているが、そこを漱石は面白がった。明治36年作。同年、〈能もなき教師とならんあら涼し〉とも詠む。英国留学から帰国後、帝大での教師生活に暑苦しさを感じていたか。無人島などと口走るのは現実逃避の表れ。漱石先生、小説『坊っちゃん』に登場する瀬戸内のターナー島も無人島ですよ。ぜひ移住を検討されては。狭いけど。

（明治36年）

## なんのその南瓜《かぼちゃ》の花も咲けばこそ

漱石

その程度のこと、どうってことないさ。誰も見向きもしない南瓜の花だって、咲けばこそ、実がなるんだから。なにが「なんのその」なのか、謎の多い句だが、口ずさむうち元気が湧いてくる。小さなマイナスなど気にせず、将来のため粛々と、自分の花を咲かせなさい。ユーモアを含んだ励ましは誰のため？

漱石は、俳句を通して、子規を、弟子を、己を励ました。漱石は、励ましの俳人だった。

（明治29年）

7月6日

## 傾城《けいせい》に可愛《かわい》がらるゝ暑さ哉

子規

明治25年の今日、子規と漱石は、東京・新橋を出発。夏休みのはじめの数日を、ともに京都で過ごすのだ。京都に着いた夜、散策の道すがら、果物好きの子規は夏蜜柑《みかん》を買ってきた。漱石も一緒にかじりつつ、迷い込んだ遊郭の道を行く。誘う遊女らに制服の裾をとられぬよう、道のまん中を綱渡りのように進むうぶな漱石を、子規は笑って見ていた。今日の句、傾城とは遊女のこと。あなた可愛いのね、とほほ笑む遊女は、男より一枚上手。全ては暑い夏の夜のこと。

（明治26年）

7月7日

夜の八坂神社西楼門＝京都市東山区祇園石段下

# 涼みながら君話さんか一書生

子規

7月8日

明治25年の京の旅。夜の清水寺を、子規はセル、漱石はフランネルの制服で歩いた。「制服の釦《ボタン》の真鍮《しんちゅう》と知りつつも、黄金《こがね》と強いたる時代である。真鍮は真鍮と悟ったとき、われらは制服を捨てて赤裸《まるはだか》のまま世の中へ飛び出した」とは漱石の旅の述懐。帝大卒がなんぼのもんぞ。結局、黄金の出世を捨て、子規は記者に、漱石は小説家になった。世の荒波を泳ぐ2人を、京都の思い出が支える。夜風の涼しさに書生2人、何を語ったか。

（明治26年）

## 7月9日

# うき世いかに坊主となりて昼寐《ひるね》する

漱石

この定めなき世界を、どう生きてゆけばいい？ とりあえず、坊主のように悟った心で昼寝でもするか。大真面目な上五を、脱力で受ける下五の諧謔《かいぎゃく》。明治23年7月、漱石と子規は第一高等中学校を卒業。療養帰省中の子規の卒業証書は、漱石が受け取った。小説『こころ』は、主人公の卒業の感慨を「遠眼鏡のようにぐるぐる巻いた卒業証書の穴から、見えるだけの世の中を見渡した」と書く。卒業証書ごしの視野に、世界はただ広い。

（明治29年）

## 7月10日

# 風《ふう》板《ばん》引け鉢植の花散る程に

子規

明治35年の今日、暑さに耐えかねた子規の希望に応え、河東碧梧桐が、紐《ひも》を引っ張れば風が来る仕組みの、手動の扇風機を工作した。子規はそれを風板と名付けて喜び、夏の季語に推薦し、この句を添えた。風板を引いて風を送っておくれ、並べた鉢植えの花が散るほどの強い風を。碧梧桐はこの件を「子規生前最後の奉仕であった」と懐かしむ。麻痺《まひ》剤を服用せねば絶叫し号泣する痛み苦しみ。子規の死は2カ月後に迫っていた。

（明治35年）

7月11日

# 昼顔や蓬《よもぎ》の中の花一つ

内藤鳴雪《めいせつ》

蓬の群生の中に、しらじらと一輪、昼顔の花がひらいた。蓬の草の香と濃い緑とが、昼顔の花の清廉を際立たせる。内藤鳴雪は、松山藩きっての学才として教育行政に携わったのち、東京で学ぶ松山の学生らの寮・常盤会《ときわかい》寄宿舎の監督に就任。そこで20歳年下の学生・子規と出会い、自ら弟子と称して俳句を教わった。監督する立場の鳴雪が、学生に教わるという逆転がおかしい。それほどに鳴雪は、文学を愛する洒脱《しゃだつ》な人物だった。

（『なじみ集』）

7月12日

# 夏木立故郷へ近くなりにけり

子規

立ち並ぶ木々も故郷らしくなってきた。帰省の車窓の風景か。内藤鳴雪《めいせつ》宅の句会での作、学生時代に寄宿舎で句会に興じた面々が集合した。松山の風と光、夏木立を共有する人たちだ。常盤会《ときわかい》寄宿舎には子規の文学活動の反対派もいた。のちに政治家となる佃一《つくだかず》予《まさ》は、2階の句会が騒がしいので上がってみれば、学生を監督すべき鳴雪の高笑いが漏れていた、と慨嘆。確かに俳句は役に立たない、立身出世の邪魔かもしれぬ。それでも子規は詠んだ。命を賭して。

（明治27年）

# 墓は皆涼しさうなり杉木立

子規

（明治26年）

ひんやりした杉の木陰に、墓は皆涼しそう。死んだら涼しいのかな。命あるがゆえの暑さの中でふと思う。

明治31年の今日、子規は友人・河東可全《かぜん》に、死んだら墓に彫ってほしい墓誌銘を送った。シャンパンの礼状を書き始めたはずが、なぜ自分の墓の話になるのか。ユニークな墓誌銘の末尾は「享年三十□　月給四十円」。月給まで書く諧謔《かいぎゃく》が注目されがちだが「享年三十□」にハッとする。30代の死を予期した、子規30歳而立《じりつ》の夏。

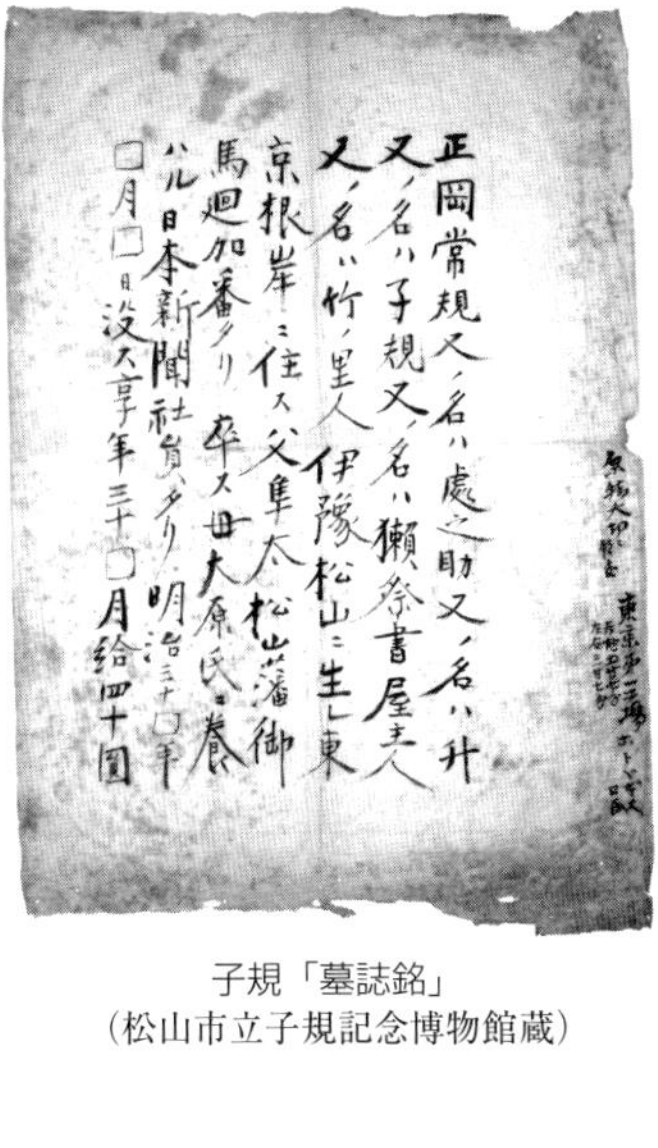
正岡常規又ノ名ハ處之助又ノ名ハ升
又ノ名ハ子規又ノ名ハ獺祭書屋主人
又ノ名ハ竹ノ里人伊豫松山ニ生レ東
京根岸ニ住ス父隼太松山藩御
馬廻加番タリ卒ス母大原氏ニ養
ハル日本新聞社員タリ明治三十□年
□月□日没ス享年三十□月給四十圓

子規「墓誌銘」
（松山市立子規記念博物館蔵）

7月14日

## 銭湯に客のいさかふ暑《あつさ》かな

漱石

汗を流そうとやってきた銭湯で、客同士がけんかしているところに出くわした。ああ、暑苦しいなあ。暑さ、涼しさ、あたたかさ、寒さ…気候を表す季語は、人間心理を表すのに有効だ。暑さは、情熱を表すパワフルな季語であると同時に、面倒なしがらみを思わせるネガティブな印象もある。まったく、やってらんねーよ、という漱石の嘆きを、切れ字の「かな」でばっさり切ったところに、涼しい風が吹き抜ける余白ができた。

（明治29年）

7月15日

## 吹井戸やぼこり〱と真《ま》桑《くわ》瓜《うり》

漱石

吹井戸とは、湧き水が噴き出す井戸。そこに真桑瓜を浮かべて冷やしているのだ。ぼこりと水が湧き出すたび、瓜がくるりとぶつかり合って、とても涼しげ。「ぽこり」ではなく「ぼこり」の音の重たさが、水の勢いと瓜の質量とを言い当てている。「ぼこりぼこりとまくわうり」の「り」の脚韻《きゃくいん》も楽しい。〈春の海終日《ひねもす》のたり〱哉　蕪村〉の「のたりのたり」しかり、独自の使い方をしたオノマトペは、句に臨場感を与えてくれる。

（明治29年）

7月16日

# 竹の子のきほひや日々に二三寸

子規

筍《たけのこ》の成長する勢いはすごい。日々、ぐんぐん伸びる。一寸が約3センチだから、二三寸は10センチ弱。まさに、目に見える早さだ。

明治24年の今日、子規は帰省中の松山・道後で、親族の子どもたちと写真を撮った。麦わら帽子を手にした男の子、おかっぱの女の子…幼い子らの目鼻立ちは、いわれてみれば、どことなく子規に似ている気も。その写真の原板の、木箱の蓋《ふた》に記したのがこの句だ。幼い子らの成長を、筍の勢いに託して願った。

（明治24年）

明治24年7月16日、その日に撮影した、子規と親族写真。右に子規（松山市立子規記念博物館蔵）

7月17日

# 楽《がく》にふけて短き夜なり公使館

漱石

公使館の宴《うたげ》で、自国の音楽を奏で踊る人々。時を忘れる楽しさに、短い夏の夜が、さらに短く感じられる。

明治30年夏、熊本から上京した漱石は、久々に子規庵の句会へ。兼題「楽」で詠んだ句だ。同題で子規は〈楽遠くなり邯鄲《かんたん》の昼寝夢さめぬ〉と詠む。邯鄲の夢とは、一睡の夢の中で一生分の栄枯盛衰を体験する故事。人生を生き抜いたと思ったら、昼寝の短い夢だった。2人とも楽しい題から、人生の時間は短いという真理を導いた。

（明治30年）

7月18日

# 夏山を廊下づたひの温泉《いでゆ》かな

子規

夏山の懐にある温泉宿。部屋から湯へは廊下伝いに上り下りして行き来する。平地にある故郷の道後温泉とは違う趣だなあ。青葉の匂いが旅情を誘う。宮城・作並温泉での作。東大予備門同期の小説家・山田美妙《びみょう》が、後に新婚旅行でこの宿を訪れた際、この句を見て、下手な句だ、四国の山猿だから句に花がない、と酷評したとか。美妙は尾崎紅葉らと雑誌「我楽多《がらくた》文庫」を作り、俳壇の新派として子規に対抗した、同世代のライバルだった。

（明治26年）

## 鳴くならば満月になけほとゝぎす

漱石

7月19日

子規と漱石、2人の京都旅行から程なく、学年末試験の結果が出て、子規の落第が決まった。明治25年の今日、漱石は、退学を決意した子規へ「つまらなくても何でも卒業するが上分別と存候。願くば今一思案あらまほしう」と書き送り、この句を添えて引きとめた。どうせ鳴くなら満月の夜に鳴け。ほととぎすは子規のこと。単位を満たし卒業してから世に出ればいい。だが生き急ぐ子規はそのまま退学、新聞「日本」の記者となる。

（明治25年）

## 西行も笠《かさ》ぬいで見る富士の山

漱石

7月20日

子規の〈西行の顔も見えけり富士の山〉に対抗した句だ。面影にとどまる子規より、生きた西行を蘇《よみがえ》らせた漱石に分がある。〈年たけてまた越ゆべしと思ひきや命なりけり小夜《さよ》の中山〉は歌人・西行の名吟。命があるから、また旅ができるのだ…静岡の中山峠を越えたら富士山が見える。芭蕉は西行の歌を踏まえ〈命なりわずかの笠の下涼み〉、己の笠のわずかな影に涼む旅人を詠んだ。西行も芭蕉も子規も漱石も、笠ぬいで見とれる富士の山。

（明治23年）

7月21日

# 草枕の我にこぼれよ夏の星

子規

草枕とは、草を束ねた仮の枕、わびしい旅寝のことを指す。宿で眠っても草枕なのだが、子規の句は、本当に草に寝転がり、夏の星を直接仰いでいる、野宿の感じがある。旅寝する私へ向かって、夏の星よ、こぼれておいで。はるかの星へ「よ」と呼びかけることで、彼方《かなた》を希求する詩人の心が宿った。〈草枕我膝にくる蜻蛉《とんぼ》哉〉も同年作。旅では、日常を離れた分、世界と私の距離がぐっと近くなる。夏の星も蜻蛉も、すぐそこに。

（明治26年）

7月22日

# 明《あけ》易《やす》き一夜の宿の名も知らず

柳原極堂《きょくどう》

ようやく寝ついたと思ったら、すぐ明けてくる旅寝の儚《はかな》さよ。そういえばこの宿の名前も知らない。隣に眠る女の名も…いやいや、そこまでは句に書いてないか。でも、かつて和歌では夏の短夜に、明け易さを恨む男女の後朝の情を重ねた。明易、一夜、宿、と畳みかける語に、恋の気配も香る。かつて碌堂《ろくどう》だった俳号を変える際、子規が極堂にささげた〈宿帳や春の旅人異名書く〉も、旅の宿が舞台。「極堂」としての新たな旅立ちを祝した。

（『草雲雀』）

## 葉かくれに小さし夏の桜餅

子規

包む葉に隠れた、その小ぶりの桜餅よ。明治31年の今日、子規はかろうじて人力車に抱えあげられ、久々に町へ出た。向島まで行き、10年前、文章修業でひと夏を過ごした、長命寺の桜餅屋へ。主の妻と、当時子規と恋のうわさが立った娘のお陸《ろく》と、懐かしく語らうひととき。季節外れの夏の桜餅をあえて詠んだところに、子規の思い入れの強さが表れる。〈葉桜や昔の人と立咄《たちばなし》〉も同時作。過ぎ去った昔、過ぎ去った春へ思いをはせる夏。

（明治31年）



## 仏壇に尻を向けたる団扇《うちわ》かな

漱石

さっきまで神妙な顔で仏壇に手を合わせていた人が、団扇をパタパタ仰ぎ、ケロッとして仏壇に尻を向けている。同じ風を起こす道具でも、扇が上品な印象なのに対し、団扇はとても庶民的だ。出してもらった麦茶をグビグビ、水ようかんをパクリ。「暑くなりましたなあ」と言いながら、お金の話など切り出しそうな勢いだ。俗っぽさは、人間の生きている証拠。俗をたっぷり抱え込んだ漱石の句は、人間の体温を宿している。

（明治29年）

母親に夏やせかくす団扇《うちわ》かな

子規

7月25日

「帰省」と前書き。久しぶりに会った故郷の母に、夏痩《や》せして弱っている姿を悟られまいと、痩せた首筋や腕などを団扇で隠しているのだ。庶民的で明るい印象の団扇を、病気というマイナスを隠す道具として用いた。この句を詠んだ明治25年の夏は、すでに結核になって数年、さらに落第が決まり退学を決意したころだ。空元気を母は見破っていたか。「こなたより悪《にく》んでも、かなたより愛しくれるものは母なり」と、思慕を語る子規。

（明治25年）

楽寝昼寝われは物草太郎なり

漱石

7月26日

楽寝とは、のびのび気楽に寝ること。夏の季語・昼寝と対にした、軽妙なリズムが楽しい。物草太郎は説話集『御伽草子』の一編。怠けて寝てばかりで、周囲から物草太郎とあきれられた男が、都へ上がると一転、まめに働き、才知によって成功する話だ。今はごろごろ昼寝する無精者だが、実は可能性を秘めた物草太郎なのだよ、私は。実際、1年半後には初の小説『吾輩は猫である』が大ヒット。今では日本を代表する文豪だ。有言実行？

（明治37年）

## 鵜《う》のぬれ羽《は》こぐや岩間の風薫《かぜかおる》

大原其戎《きじゅう》

7月27日

初夏の荒磯の風景だろう。黒々濡《ぬ》れた海鵜の翼が、波を打ち飛沫《しぶき》を立てる。岩間の磯の香りと、若葉を吹く風の薫りが混じり合う。薫風という大地の季語を、海と合わせたのが清冽《せいれつ》だ。

作者の其戎は子規が唯一、師とした人物。明治20年の夏休み、帰省中の子規は柳原極堂を誘い、三津の俳諧宗匠・其戎を訪ねた。子規は自分の句に批評を求め、其戎は「至極結構に出来ています」と答えた。後に子規はこの訪問を俳句の出発点と振り返る。

（『なじみ集』）

## 餌をやった恩になきけり夜の鹿

子規

7月28日

昼に餌をやった恩を感じ、私のため闇に鳴くのか鹿よ。秋には雄鹿が雌を恋うて鳴くとされ、和歌ではその声に恋人への思慕を重ねてきた。『百人一首』の〈奥山に紅葉踏みわけ鳴く鹿の声きく時ぞ秋は悲しき　猿丸太夫《さるまるだゆう》〉も、深秋の心細さと鹿の声の切なさが共鳴する。その鹿の声を、食欲を満たした礼だといなした俳人・子規。明治18年の今日、子規は三並良《みなみはじめ》、藤野古白《こはく》ら親族と広島・厳島を見る旅へ。厳島の鹿の写真の裏にこの句を書いた。

（明治18年）

子規旧蔵写真「厳嶋の鹿」
（松山市立子規記念博物館蔵）

7月29日

# 涼しさや石握り見る掌《たなごころ》

漱石

石を拾って手に握ると、ひんやり冷たい。あくせく暑い日々、無為の時間が涼しいのだ。物理学者・寺田寅彦は、熊本五高の漱石の生徒。「寅彦桂浜の石数十顆を送る」と前書きがあるこの句の石は、帰省中の寅彦が故郷・高知から漱石へ送ったものだ。漱石は寅彦に、俳句は「扇のかなめのような集注点を指摘し描写して、それから放散する連想の世界を暗示するもの」と教えた。この句の手中の石も、集注点。石を起点に、夏が無限に広がる。

（明治32年）

## 自転車の立てかけてあり薔薇《ばら》の門

寺田寅彦

一枚の写真のような風景。人の気配をまとう自転車や薔薇が、門の奥へ想像を駆り立てる。熊本五高の生徒・帰省中の寅彦は、漱石に弟子入りし俳句を教わった。この句も漱石の「○」が二つ。寅彦は、漱石と子規を「畏敬し合つた最も親しい交友」と回想する。子規の年譜にはよく「漱石、子規宅を訪問」とだけあるが、素っ気ない記述の裏に、濃密な時間があったはず。この句の奥で、自転車の主と薔薇の主が、秘密の時を過ごしているように。

（明治32年）

7月30日

## 旅人の歌上りゆく若葉哉

子規

明治14年の今日、のちに旅好きとなる少年・子規は、初めての旅に出た。特に親しい「五友」のうち、太田正躬《まさみ》、竹村鍛《きとう》、三並良《みなみはじめ》と4人、松山から久万の岩屋寺を訪ねる1泊旅行！ もちろん徒歩だ。13歳の子規にはハードな旅程で、帰路には年上の3人についていけず、歩けなくなる。結局、人力車で帰宅した。この句の前書きの「三坂」は、久万の三坂峠のこと。歌いながら朗らかに山道を登る旅人の希望が、若葉のみずみずしさと呼応する。

（明治25年）

7月31日

## 「京に着ける夕」
## 子規・漱石の夏休み

明治25年の夏、岡山の親族を訪ねる漱石と、故郷・松山へ帰省する子規は、東京を発ち二人で京都を旅した。その後すぐ退学する子規の、学生最後の夏休み。漱石は後に小説家として朝日新聞社員となる際、紙面にこの旅の思い出を書く。「われらは制服を捨てて赤裸のまま世の中へ飛び出した。子規は血を嘔いて新聞屋となる、余は尻を端折って西国へ出奔する」「よもや、漱石が教師をやめて新聞屋になろうとは思わなかったろう」。子規と同じ職に着いたことを、因縁と感じる漱石の回顧録。

子規と来たときはかように寒くはなかった。子規はセル、余はフランネルの制服を着て得意に人通りの多い所を歩行いた事を記憶している。その時子規はどこからか夏蜜柑を買うて来て、これを一つ食えと云って余に渡した。余は夏蜜柑の皮を剥いて、一房ごとに裂いては噛み、裂いては噛んで、あてどもなくさまようていると、いつの間にやら幅一間ぐらいの小路に出た。（略）子規を顧りみて何だと聞くと妓楼だと答えた。余は夏蜜柑を食いながら、目分量で一間幅の道路を中央から等分して、その等分した線の上を、綱渡りをする気分で、不偏不党に練って行った。穴から手を出して制服の尻でも捕まえられては容易ならんと思ったからである。子規は笑っていた。膝掛をとられて顫えている今の余を見たら、子規はまた笑うであろう。しかし死んだものは笑いたくても、顫えているものは笑われたくても、相談にはならん。

○寺田寅彦　てらだ・とらひこ
明治11年11月28日～昭和10年12月31日
東京都生まれ。物理学者、随筆家、俳人。熊本・第五高等学校時代に漱石の影響を受ける。漱石門下の最古参。科学や西洋音楽など寅彦が得意とする分野では漱石が教えを請うこともあった。「天災は忘れた頃にやってくる」の名言で知られる。『吾輩ハ猫デアル』の水島寒月や『三四郎』の野々宮宗八のモデルとも

# 八月

寺田寅彦

## 初秋

8月1日

# 病んで一日枕にきかん時鳥《ほととぎす》

漱石

のんびり横になり、時鳥の声を聞きたい。病気にでもなればばかなうかなあ。日本では夏を告げる鳥・時鳥。その声は、季節を忘れ忙しく過ごす日々の一滴の潤いとなるだろう。

英国留学中の作。句を添えた友人宛ての手紙には「日々没趣味の書と奮闘今は頗《すこぶ》る苦しく存候少し風邪でも引きて寝たき位」と、孤独な研究生活に疲れた心境をつづった。時鳥は子規とも書く。日本を慕い時鳥と書きつけるとき、友人・子規を恋うたか。

（明治34年）

8月2日

# 活《い》きた目をつゝきに来るか蠅《はえ》の声

子規

蠅の声とは、近づく蠅の羽音。屍《しかばね》にたかる蠅が、生きた人間の目をつつきに来るとは。病臥《びょうが》の私を、すでに屍と思っているのか。「目」なのが怖い。体の中で、一番むき出しでデリケートな部位だ。目をやられたら、もはや動けぬ子規は、庭や鉢植えの草花を見る楽しみまで奪われてしまう。蠅の貪欲、死に神の貪欲。亡くなる2カ月前、弟子の原千代女の求めで書いた句だ。千代女は「丁度《ちょうど》蠅のうるさい頃」だったと振り返る。

（明治35年）

朝《あさ》貌《がお》や咲《さい》た許《ばか》りの命哉

漱石

8月3日

明治24年の今日、漱石は子規に手紙を書いた。ひどい悪阻《つわり》のせいで数日前に亡くなった、兄嫁・登世《とせ》をしのぶ内容だった。10年前に亡くした母の代わりに、愛を寄せてくれた登世。漱石は「彼程《あれほど》の人物は男にも中々《なかなか》得易《えやす》からず」と、その公平正直で細事に頓着せぬ人柄を懐古し、追悼句を13句も添えた。この句もその一つだ。咲いたと思ったらすぐしぼんでしまう朝顔の花に、25歳でこの世を去った兄嫁の命の儚《はかな》さを重ねた。

（明治24年）

こうろげの飛ぶや木魚の声の下

漱石

8月4日

ぽく、ぽく。木魚が響き読経の続く畳に、こおろぎが現れた。鳴くのではなく、飛ぶこおろぎを詠んだのが新鮮だ。芭蕉の〈古池や蛙飛びこむ水の音〉も、当時は鳴き声を詠むべきだった蛙を、池に飛び込ませたのがエポックだった。木魚の下ではなく「木魚の声の下」としたのも工夫。畳を這《は》うような、木魚の響きの低さを感じる。早逝《そうせい》した兄嫁・登《と》世《せ》の通夜を詠んだ句だ。悼む思いを抱きつつ、ふと畳の上の虫が気になるのも人間心理。

（明治24年）

## 生きかへるなかれと毛虫ふみつけぬ

子規

8月5日

害虫である毛虫への憎悪が、ストレートに語られた。気持ち、分かるなあ。与謝野晶子が戦場の弟の無事を願った「君死にたまふことなかれ」とは正反対のこの句の言葉、「生きかへるなかれ」。決して生き返ってくれるな、死ね、と力を込めて毛虫を踏みつける人間は残酷だが、その残酷さも人間の本質であると、どこか肯定するような、堂々たる詠みぶりだ。完了の助動詞「ぬ」が、たしかに毛虫を踏みつけた事実を、十七音に刻印する。死を目前にした、子規、最後の夏の句。

（明治35年）

## 夕顔の花にさめたる暑《あつさ》哉

子規

8月6日

昼寝から覚めた視界に夕顔が吹かれている。もう夕方か、まだまだ暑いな。白い花の涼しさが寝汗の肌に風を運ぶ。

子規と高浜虚子の「夕顔論争」。虚子は、夕顔といえば源氏物語を連想するとし季語の歴史性を重んじたが、子規は眼前の夕顔を写生すれば足ると季語の現実性を重視した。『仰《ぎょう》臥《が》漫録《まんろく》』に「焼くが如《ごと》き昼の暑さ去りて夕顔の花の白きに夕風そよぐ処《ところ》何の理窟《りくつ》か候べき」と書く子規は、理屈抜きに現前する夕顔の美を愛した。

（明治32年）

## 立秋《りっしゅう》の紺《こん》落ち付くや伊予絣《いよかすり》

漱石

8月7日

立秋といえば思い出すのは、『古今和歌集』の〈秋来《き》ぬと目にはさやかに見えねども風の音にぞおどろかれぬる　藤原敏行朝臣《あそん》〉。目には見えない秋の到来を、ふと吹く風の音に感じた歌だ。漱石の句は逆に、視覚から立秋を知った。着慣れた伊予絣の紺も、吹き過ぎた風に、深みを増した気が。伊予絣は日本三大絣のひとつ、松山特産の織物だ。漱石が松山で句座を共にした村上霽月《せいげつ》も、伊予絣関係の社長だった。明治43年作、15年前の松山赴任時代を思い出したか。

（明治43年）

## 病間や桃食ひながら李《すもも》画《か》く

子規

8月8日

病中、やや気分の良いひととき、舌で目で旬の果物を味わう。病人に許された小さなぜいたくだ。死のひと月前の句。子規は痛み止めのモルヒネが効いている合間に、絵筆をとり、果物や草花を描いた。「ガラス玉に金魚を十ばかり入れて机の上に置いてある。余は痛《いたみ》をこらへながら病床からつくづくと見て居る。痛い事も痛いが綺麗《きれい》な事も綺麗ぢや」（『墨汁一滴』）。美の前に痛みは消えない。でも痛みの前に美も消えない。子規が見つけた世界の真理がここにある。

（明治35年）

## 枕辺や星別れんとする晨《あした》

漱石

8月9日

「晨」とは夜明けのこと。一夜を共に過ごし、別れの朝が来た、切ない恋心を詠んだ。季語は「星の別れ」で秋。陰暦7月7日、織り姫と彦星が、天の川を渡って年に一度だけ会える、七夕伝説を指す。

「内君《ないくん》の病を看護して」と前書き。夏に結婚したばかりの漱石、体調を崩した19歳の新妻・鏡子に、一晩中付き添って看病したのだ。このまま彼女が遠くへ消えてしまいそうな不安を、暁闇に薄れゆく二つの星に重ねた。

（明治29年）

## われに法あり君をもてなすもぶり鮓《ずし》

子規

8月10日

私にはルールがある。もてなしには郷土のもぶり鮓を出す習いなのだ。だから君、さあ召し上がれ。「もぶり」とは伊予弁で「混ぜる」の意。甘めの酢飯に穴子や旬の野菜を刻み混ぜ、錦糸卵と瀬戸内の小魚を飾った、伊予のちらし鮓だ。

明治25年の夏休み、漱石は香川の金毘羅《こんぴら》参りのついでに子規の実家を訪ねた。子規の母のもぶり鮓を、漱石は洋服の膝を正しく折り、一粒もこぼさず行儀よく食べた…とは、漱石と初対面の高浜虚子の観察。

（明治29年）

# 二ツ来て互《たがい》に追はず秋のてふ

新海非風《にいのみひふう》

蝶《ちょう》が二つ、互いに追うことなく、己の道を飛んでゆく。歓喜の春、喧騒《けんそう》の夏が過ぎた、無常の秋。東京の常盤会《ときわかい》寄宿舎で子規と出会った非風は、子規と俳句にのめりこむ。ある夏の帰省中、2人は海水浴に出かけた。非風も肺病と診断され、陸軍士官学校をやめたばかり。ターナー島で吐いた血痰《けったん》が、波に赤く浮く。心配する子規に非風は「どうせ死ぬのじゃがな」と笑った。次第に疎遠になった2人。非風は明治32年、子規より先にこの世を去った。

（『なじみ集』）

8月11日

# 虫の音を踏《ふみ》わけ行《ゆく》や野の小道

子規

スズムシ、コオロギ、秋の虫の鳴く野の草を踏み分け、風の中を歩いてゆく。現実的には踏めない「音」を、「踏わけ行」と表現したところが工夫だ。

明治20年の今日、松山・三津の俳諧宗匠・大原其戎《きじゅう》の主宰誌『真砂《まさご》の志良辺《しらべ》』に「松山・正岡」の名で載った句だ。『真砂の志良辺』は全国で3番目に古い月刊俳誌で、東北から九州まで幅広い投句者がいた。初めて子規の俳句が活字になった瞬間。駆け出しの俳人・子規は、毎月投句に励んだ。

（明治20年）

8月12日

8月13日

# 鹿笛や梢《こずえ》をつたふ月のひえ

森連甫《れんぽ》

鹿笛が秋の季語。鹿の声をまねた笛で、鹿をおびきよせる狩りの道具だ。鹿を死にいざなう、笛の音のかなしい響き。梢にさす月光も、なんだかひんやりと冷たい。『なじみ集』採録の句。子規が親しい人の俳句を集めた『なじみ集』には、総勢98人4千句超が収められているが、その巻頭を飾るのは、子規の俳句の師・大原其戎《きじゅう》、次いで森連甫だ。連甫は松山・三津在住の其戎の高弟。掲載順に、郷里の俳人2人に対する、子規の敬意がうかがえる。

（『なじみ集』）

8月14日

# 白壁や北に向ひて桐《きり》一《ひと》葉《は》

漱石

桐の木の高みから、一枚の葉がばさりと落ちる。「一葉落ちて天下の秋を知る」とは、中国の古書『淮南子《えなんじ》』の詩の一節。日本人はこれをアレンジし、桐の葉の落下に秋の到来を見るようになった。白壁というカンバスが、桐の葉をくっきり見せる。北方、北風、北枕…北とは寒さ、冬、死を示す方角。「北に向ひて」は、桐の一葉が、冬という死の季節へ引き寄せられていることを示しているのだ。万物が衰えてゆく、寂しい秋が始まった。

（明治29年）

## 生身魂《いきみたま》七十と申し達者也
子規

8月15日

「生身魂」が秋の季語。お盆にご先祖さまの魂を迎えるとともに、一家の長老を、生きた魂として祀《まつ》る。年長者を敬い、長寿を祝う風習だ。その人は、70歳になったと名乗り、蓮《はす》の飯などのごちそうをよく食べ、本当に元気である。「也」という強い断定が、その健康を証明すると同時に、不治の病にさいなまれる子規の、達者な翁《おきな》に対する素直な感嘆を示している。現代だと、70歳はまだまだ現役。生身魂と呼べるのは90歳くらいかも？

（明治28年）

## 喘《あえ》ぎ〳〵撫《なで》し子《こ》の上に倒れけり
子規

8月16日

はるばる歩いて来て、もう限界。息も絶え絶えに、野に咲く撫子の上に倒れた。撫子をそよがせるのは、秋風？　喘ぐ息？　小さくて可憐な花が、わずかでも旅の疲れを癒やしますように。

明治26年の今日、子規は秋田県の大曲駅前から、東京の漱石へ手紙を出した。病をおして芭蕉の『奥の細道』の足跡をたどる、東北の旅。炎天下の徒歩に疲労し、人力車を用いたことを「風流ハ足のいたきもの紳士ハ尻のいたきもの」と滑稽に書いた。

（明治26年）

## 秋はふみ吾《われ》に天下の志

漱石

8月17日

「ふみ」は書物。読書の秋、しっかり本を読もう、学ぼう、と律している。私には、天下国家のために立派な使命を果たすという志がある。その志は、天高く馬肥ゆる、秋の空よりも高いのだ。「図書館」と前書き。教師として赴任中の熊本五高の、秋の風景を詠んだ連作の一句。読書する学生の気概を、一人称「吾」を用い、感情移入して詠んだ。かつての自分を重ねたか。子規は一連の学校詠を「実際ナルガタメニ面白キ」、リアルなのが面白いと評価した。

（明治32年）

## 世の中の人や案山子《かがし》の出来不出来

子規

8月18日

明治23年の今日、夏休みで帰省中の子規は、いとこの藤野古白《こはく》らと、久万の岩屋寺へ3泊4日の旅に出た。道中、瓜《うり》畑に立つ案山子を見て詠んだ句だ。「案山子のよしあしなどあげつらふも旅路の一興なり」とは、この年の帰省をまとめた紀行文『しやくられの記』より。

世の中にはいろんな人間がいるように、案山子にも出来不出来がある。人間を模した案山子に、社会の縮図を見た。子規に似た案山子も、どこかにいるかな。

（明治23年）

## 順《じゅん》礼《れい》の夢をひやすや松の露

子規

巡礼のお遍路さんが、松の木の下で野宿している。早暁、葉に降りた露が滴り、眠る彼の頬や衣服、彼が見ている夢まで濡《ぬ》らす。冷えた夢。巡礼に時を費やす、旅人の孤独を思う。明治24年の今日、帰省中の子規は友人の竹村鍛《きとう》、太田正躬《まさみ》と、東温市の白猪《しらい》の滝へ。途上、ある村で老松の下に休んだ際の句だ。〈西行の草鞋《わらじ》もかゝれ松の露　芭蕉〉、旅に生きた歌人・西行の草鞋が、露を置く松の枝に掛かっているかも…そんな先行句が念頭にあったか。

（明治24年）

8月19日

## 蜩《ひぐらし》や金《かね》箱《ばこ》荷《にな》ふ人の息

子規

蜩鳴く初秋の暑さ。重たい銭箱を運ぶ息の荒さが、人の強欲を可視化する。金といえば、明治17年の今日、柳原極堂から子規にはがきが。ともに上京中の極堂の下宿に子規が財布を忘れたのだ。中身はたった3銭。極堂はさい銭程度とからかい〈わに口のあくびで腹は知られたりぜゞは見えずに三井寺のかね〉と添えた。わに口は、さい銭箱の前で綱を振って鳴らすアレ。わに口の裂け目があくびして中がばれたよ…由緒正しき近江・三井寺の鐘に、「三」つながりで、三銭の金をかけた。

（明治25年）

8月20日

8月21日

# 朝貌《あさがお》や惚《ほ》れた女も二三日

漱石

惚れた女だって2、3日すれば飽きるさ。一晩過ごした翌朝の顔を見てごらん。花の名を軽妙に利用し、恋に悩む男を励ました。明治40年の今日、漱石は弟子の松根東洋城《とうようじょう》宛てにこの句を送った。当時、彼は恋人との結婚を父に反対されており、漱石は2人が心中するのではと心配したのだ。恋の相手は歌人・柳原白蓮《びゃくれん》。彼女が炭鉱王に嫁いだ後も、東洋城は〈妻もたぬ我と定めぬ秋の暮〉と詠んだ誓いを守り、生涯独身を貫いた。

（明治40年）

8月22日

# 水難の茄子畠《なすびばたけ》や秋の風

若尾瀾水《らんすい》

台風や洪水で水難に遭い水泡に帰した、茄子畑の実りの秋。荒れた畑に吹く秋風が、諸行無常を告げわたる。明治30年の夏休み、熊本から帰京中の漱石は、子規庵の句会にたびたび参加。ある日、漱石が1位に、子規が秀逸にそれぞれ推した人気句がこれだ。

高知出身、子規門下の瀾水は、子規没直後に批判を展開し、俳壇を追われた。子規の冷血、狭量、嫉妬、我執…子規も人間だ、偶像崇拝すべきではない、と師への歪《ゆが》んだ愛を書き殴ったのだ。

（明治30年）

## 一《ひと》匙《さじ》のアイスクリムや蘇《よみがえ》る　子規

8月23日

暑さに参っていたが、一匙のアイスを食べ、蘇る心地だ。明治32年の今日、珍しく体調の良い子規は、東京・神田の高浜虚子宅へ、人力車で半年ぶりに外出。虚子はアイスクリーム、食前酒ベルモット、西洋料理を饗《きょう》した。アイスは明治時代の新スイーツ。子規は虚子宛ての礼状に「アイスクリームは近日の好味早速貪《むさぼ》り申候」と感激を述べ、この句を添えた。病床の子規の「蘇る」は比喩ではない。真に息を吹き返し、生きる活力を得たのだ。

（明治32年）

## 野《の》分《わき》吹く瀑《たき》砕け散る脚《きゃっ》下《か》より　漱石

8月24日

野分とは、野を吹き分ける秋の風。台風などの強い風だ。滝の上の岩場に立ち、しぶきが砕け散るのを見下ろすと、脚下から野分が吹き上げる。「野」という語から平面を吹く印象があるが、滝を配置して垂直の野分を詠んだのが、奇想天外漱石流。彼の小説『野分』では、世間の厳しさの象徴として風が折々吹き渡る。「今日は風が吹く。昨日も風が吹いた」、激動の明治を生きる志を語る、文学者・道也《どうや》先生の言葉は、まさに滝を吹き割る野分の力強さだ。

（明治28年）

8月25日

# 一里行けば一里吹くなり稲の風

漱石

一里は約4キロ。田の畦《あぜ》を一里歩けば、その間ずっと、心地よい風が吹く。収穫が近づく稲の豊かな香り。松山での教師時代の作、道後温泉の帰り、田んぼの中を歩いた感慨か。「一里行けば一里の忠を尽くし、二里行けば二里の義をあらわす」とは、倒幕を志す高杉晋作が、藩にクーデターを企てた功山寺《こうざんじ》挙兵で、周囲を鼓舞した名言。この句のたった30年前のこと。漱石は、死を覚悟した晋作の言葉を、田舎道をゆく安けさに詠みかえた。

（明治28年）

8月26日

# 秋の雨荷物ぬらすな風引くな

子規

涙のようにそぼふる雨、それでも旅に出る人へ、達者で行けと親身に呼びかける。「ぬらすな」「引くな」と畳みかけ、関係を繋《つな》ぎとめようとしているよう。

明治33年の今日、漱石は寺田寅彦《とらひこ》を連れ、東京・根岸の子規宅を訪れた。翌月あたまには英国へ旅立つ漱石。子規は「最早《もはや》再会は出来まじく」と、死に近き己の運命を悟っていた。子規と漱石、生きて相見る最後の逢瀬《おうせ》。蜩《ひぐらし》が短い生を歌う秋の日が、2人の今生の別れとなった。

（明治30年）

8月27日

# 桔《き》梗《きょう》活《い》けてしばらく仮の書斎哉

子規

可憐《かれん》な桔梗を活け、書斎らしくなった部屋。花を活ければ心が落ち着くという、生活感覚が楽しい。「漱石寓居《ぐうきょ》の一間を借りて」と前書き。子規はこの仮の書斎で、代表的な俳句論『俳諧大要《はいかいたいよう》』を書いた。4月から松山に赴任し田舎に飽いていた漱石は、子規が病気静養で帰省するとすぐ、下宿・愚陀仏庵《ぐだぶつあん》に呼び寄せる。「僕は二階に居る大将は下に居る」。1階を子規に貸し、漱石は2階に。明治28年の今日、52日間の「しばらく仮の」同居生活が始まった。

（明治28年）

漱石の松山時代の下宿・愚陀仏庵

## 明けやすき七日の夜を朝寝かな

漱石

〈一年に七日の夜のみ逢《あ》ふ人の恋も過ぎねば夜は更けゆくも　柿本人麻呂〉、一年に一度、七日の夜＝七夕しか会えない恋人。夜はいたずらに過ぎて…。

新暦の7月7日は梅雨時だが、本来の七夕は今頃。天の川も流星もよく見えた。逢瀬《おうせ》の幸福の余韻に浸りつつの朝寝。否、恋人がいないから、のんびり朝寝ができるのかも。明治28年、松山で子規と同居中の作。目覚めた漱石が階下に下りると、子規はまだ高いびきで朝寝？

（明治28年）



## 湯の山の月を吐かんとする気配

柳原極堂《きょくどう》

松山・道後湯の山の、背後の夜空が白みはじめる。もうすぐ月が出るのだ。温泉でリラックスした気分が、「吐く」という開放的な語を呼び寄せた。「愚陀仏庵《ぐだぶつあん》にいってみると、隣の部屋で子規と漱石が話をしていた。おたがいに、東京に出て大いに日本の文学を興《おこ》そうではないかと、抱負を語りあっている」とは極堂の証言。彼は襖《ふすま》のかげで誓いを聞いた。松山の愚陀仏庵から、日本の新しい文学という、初々しい月が吐き出されようとしていた。

（『草雲雀』）

## わがやどの柿熟したり鳥来たり

漱石

8月30日

下宿の柿が熟し、鳥が集まって来た。寂しい秋の庵《いおり》が、一時にぎやかに。中七下五の対句が軽快だ。明治28年作、愚陀仏庵《ぐだぶつあん》の風景だろう。漱石と同居する子規のもとへ、柳原極堂や松山の俳句会・松風会《しょうふうかい》の俳人が訪れ、句会や俳句談議に明け暮れた。「学校から帰つて見ると毎日のやうに多勢来て居る。僕は本を読む事もどうすることも出来ん。（略）止むを得ず俳句を作つた」。文句を言いつつも俳句を作り、にぎやかな日々を共有する漱石先生。

（明治28年）

## 草山に馬放ちけり秋の空

漱石

8月31日

草の茂った山の起伏に、一頭の馬を放てば、雄大な景色をほしいままに駆けてゆく。「けり」で、馬が大地を蹴る野生の勢いが出た。天高く馬肥ゆる秋、山上にいてもなお、高く澄み渡る空よ。すがすがしい雄大な一句だ。熊本赴任中、同僚と2人で、阿蘇山へ登った際の作。草山は、阿蘇草千里だ。結局、嵐に遭い登山は失敗に終わったが、その経験を俳句にし、さらに小説『二百十日』をまとめた。失敗のほうがネタになるのである。

（明治32年）

## 愚陀仏庵、同居の真相

大陸従軍で体調を崩した子規は、明治28年8月末、静養のため松山に帰省。松山中学赴任中の漱石の下宿「愚陀仏庵」に同居し、52日間の共同生活を送った。

自分のうちへも行かず親族のうちへも行かず、此処に居るのだという。僕が承知もしないうちに、当人一人で極めて居る。（略）僕は二階に居る大将は下に居る。其うち松山中学の俳句を遣る門下生が集まつて来る。僕が学校から帰つて見ると毎日のやうに多勢来て居る。僕は本を読む事もどうすることも出来ん。尤も当時はあまり本も読む方でも無かつたが兎に角自分の時間といふものが無いのだから止むを得ず俳句を作つた。其から大将は昼になると蒲焼きを取り寄せて御承知の通りぴちや〱と音をさせて食ふ。其れも相談無く自分で勝手に命じて勝手に食ふ。

（夏目漱石「正岡子規」）

ずいぶん迷惑そうな言いようだが、漱石は子規が帰省してすぐの明治28年8月27日、子規へ手紙を出した。「御不都合なくばこれより直に御出でありたく候。尤も荷物など御取纏め方に時間とり候はば後より送るとして身体だけ御出向如何に御座候や」。荷物は後からでも直ぐに自分のところへ転居しておいで、と勧めているのだ。対外的には困ったふりをしているが、親友である子規本人には、退屈なんだよ、早く来いよ、と誘っている。漱石先生、さてはツンデレの性あり。

○南方熊楠　みなかた・くまぐす
慶応３年４月15日～昭和16年12月29日
和歌山県和歌山市生まれ。博物学者、生物学者、民俗学者。東京大学予備門の同窓に、子規、漱石、秋山真之ら。６カ国語に長け、漢文にも通じ、古今東西の文献を渉猟。さまざまな学問領域を探究、国内外に多くの論文を発表した

# 九月

仲秋

南方熊楠

9月1日

## 桃太郎は桃金太郎は何からぞ

子規

桃太郎は桃から生まれた。では金太郎は？まさか、金から生まれたわけじゃないし…素朴な疑問が、季語「桃」もばっちり入れて、さらりと句になった。金太郎は、坂田金時《きんとき》の幼名。山姥《やまんば》と龍《りゅう》の子とも、京都にのぼった女が宮仕えの男と結ばれ生まれたとも。まさに出生は謎だ。「男の子一人ほしといふ人に代りて」と前書き。男の子が欲しい夫婦に、金太郎のように元気な子が生まれますように。笑みのうちに祈りをこめた、言霊の句。

（明治35年）

9月2日

## 秋汐《あきしお》にやぶれガルタの女王かな

久保より江

漱石の松山時代の下宿・愚陀仏庵《ぐだぶつあん》の客にひときわ小さいレディーがいた。11歳のより江は、庵の貸主・上野義方《よしかた》の孫。廊下続きの母屋から、よく庵を訪れた。漱石と手をつないで狂言を見に行ったり、学校の展覧会で子規の句を刺繍《ししゅう》したり。「句座のすみにちいさく畏《かしこま》って、短冊に覚束《おぼつか》ない筆を動かした夜も」。後に高浜虚子に師事、女性俳人の先駆けとして活躍した。モダンな今日の句、寂しい秋の海に、破れたトランプが浮いている。描かれたクイーンの、気高さと孤独と。

（昭和2年）

# 鮎《あゆ》はあれど鰻《うなぎ》はあれど秋茄子《なすび》

子規

鮎も鰻もいいけど、やっぱり秋茄子だよなあ。ぜいたく食材と比較し、秋茄子の価値を引き上げた。価値の転換は文学の大切な作用。愚陀仏庵《ぐだぶつあん》同居中、子規は西洋料理や鰻を出前し、漱石の金で勝手に食べた。「大将は昼になると蒲焼《かばや》きを取り寄せて御承知の通りぴちや〳〵と音をさせて食ふ」とは漱石の証言。柳原極堂も、漱石が子規の火鉢の下に10円札を押し込むのを目撃した。漱石、この句を見たら「鰻じゃないんかい！」と突っ込むむか。

（明治28年）

愚陀仏庵1階。子規の仮の書斎
（松山市立子規記念博物館蔵）

9月4日

# ツクヽヽボーシツクヽヽボーシバカリナリ

子規

ツクツクボーシは、鳴き方が名称となった蟬《せみ》。ああ、ツクツクボーシばっかり鳴く。にぎやかさの裏には、夏に鳴いていた油蟬《あぶらぜみ》や熊蟬《くまぜみ》が、秋、すっかり死に絶えた事実がある。同時作〈ツクヽヽボーシ明日無キヤウニ鳴キニケリ〉〈夕飯ヤツクヽヽボーシヤカマシキ〉は、蟬の短命やうるささをあからさまに書きすぎて冗舌。多くを語らぬこの句が、蟬の声を一番響かせている。俳句は沈黙の詩型だ。作者が沈黙するほどに、十七音が語り出す。

（明治34年）

9月5日

# 灯《ひ》を消せば涼しき星や窓に入《い》る

漱石

眠ろうと部屋の灯を落とせば、真っ暗に見えていた夜の窓から、星の光が飛び込んできた。暑さのさめた夜に白々と輝く星が、見る者の心を涼しく軽くする。「窓に入る」の表現もユニーク、世界と自分との距離をぐっと引き寄せた。漱石44歳、関西での講演旅行の後、胃痛で吐血し大阪で入院、病床で詠んだ句だ。この世界には、私がまだ気づいていないだけで、美しいものがたくさんあるのだなあ。灯に隠されていた夜空の星を見つめて思う。

（明治44年）

## 汐《しお》風《かぜ》の萩《はぎ》に吹き込む夕《ゆうべ》かな

近藤我観《がかん》

9月6日

ほろほろ咲く萩は、枝がふんわり伸び、風によくしなる花。「吹き込む」に汐風の鋭さが見える。我観は子規の幼友達だ。小学校教師となり松風会《しょうふうかい》に入会、愚陀仏庵《ぐだぶつあん》で子規と再会し俳句を教わった。その秋、子規や漱石と高浜で海水浴をした際のこと。ふんどし一丁の句座に、1人だけ加わらず泳ぎに行った漱石を見て、我観は、漱石は自分の意思で行動する闘将、子規は皆をまとめ誘導する大将になる男、と評した。汐風に吹かれる漱石、何思う。

（『なじみ集』）

## もてなしに栗焼くとて妹《いも》がやけど哉

子規

9月7日

客へのもてなしに厨《くりや》で栗を焼く妹が「あちっ」、やけどしたらしい。客の絶えない子規庵を支えた、妹・律の日常が垣間見える。子規は4歳で父を亡くして以降、母と妹の愛を一身に受ける。律は2度結婚するも離縁、兄の看病人として、激痛を伴う包帯の取り換えから原稿の清書まで一手に担い、母・八重と共に子規の死をみとった。母にとって妹にとって、子規が一番大切な男性という、愛に満たされた環境で、彼は文学に打ち込んだのだ。子規の自己肯定感の強さの理由はそんなところにあるのかも。

（明治29年）

9月8日

# 秋風の一人をふくや海の上

漱石

下五で明かされる「海の上」に驚く。甲板に立つ一人に、秋風は惜しみなく吹き渡る。秋風の無常観、一人の孤独感、海上の爽快感が相まって、大海の青のように複雑で深い心情をたたえた。

明治33年の今日、漱石は留学のため、横浜から英国へ出航。見送りは要らぬと、弟子・寺田寅彦《とらひこ》へのはがきに添えた句だ。大海の彼方《かなた》を見据え一人立つ男は、漱石自身。実際の船上では〈稲妻の砕けて青し海の上〉と、よりビビッドな句も詠んだ。

（明治33年）

9月9日

# 啼《な》きながら蟻《あり》にひかるゝ秋の蟬《せみ》

子規

虫が蟻に曳《ひ》かれる光景といえば「蟻が／蝶《ちょう》の羽をひいて行く／ああ／ヨットのやうだ」（三好達治『土』）を思い出すが、子規の句はもっとずっと生々しい。比喩で飾らぬ写生のリアルが、死の匂い、生のあがきを可視化する。生きながらにして、蟻にたかられ運ばれてゆく、一匹の蟬。曳かれながら、ジジ、ジジ、ジジ、と弱々しい声を上げるのが、たまらなくつらい。死と生の境にいる蟬の哀れな懸命は、病に苦しむ子規の心を、深く射抜いた。

（明治28年）

## 馬に二人霧をいでたり鈴のおと

漱石

9月10日

馬に乗った2人が、立ち込める霧から現れた瞬間、鈴の音がりんりんこぼれた。霧の中でも鈴は鳴っていたはずだが、馬の存在を目にしたからこそ、鈴の音も、確かに在るものとして響き出したのだ。唯心論的な感覚を宿した一句。霧を抜けた2人の安堵《あんど》を、軽やかな鈴の音が伝える。明治28年の今日、柳原極堂が編集に関わる松山の「海南新聞」に載った句だ。愚陀仏庵《ぐだぶつあん》に集う松風会《しょうふうかい》の一員として、漱石の句も折々掲載された。

(明治28年)

## 書生四五人紅葉さしたる帽子哉

子規

9月11日

学生が4、5人、連れ立って野山を散策している。かぶった学帽に、道すがら拾った紅葉を飾っているのも一興だ。ワイワイと本当に楽しそう。上五の字余りも弾んだ気分を伝えてくれる。

明治17年の今日、子規と漱石は、東京大学予備門第4級に入学。同期には博物学者の南方熊楠《みなかたくまぐす》、小説家の山田美妙《びみょう》、国学者の芳賀《はが》矢一《やいち》らがいた。才能豊かなライバルたち。子規も漱石も、切磋琢磨《せっさたくま》しながら、互いの個性を磨き、自身の道を定めていった。

(明治29年)

ふみこんで帰る道なし萩《はぎ》の原

子規

9月12日

試験が近づくと部屋を片づけたくなるの、なぜでしょう。子規も「試験があるといつでも俳句が沢山《たくさん》に出来る」ので勉強に集中できないタイプ。落第しそうな子規のため、漱石は大学へ追試の条件を確認、同級生に試験の要点を送らせ、埼玉・大宮の旅館で勉強中の子規のもとへ。案の定、子規は俳句を詠みサボっていた。萩茂る野も俳句の道も、一度踏み込めば帰り道が分からぬほど深い。2人は鶉《うずら》を食べ、共に帰京。子規は落第を免れた。

（明治24年）

此《こ》の下に稲妻起こる宵あらん

漱石

9月13日

空＝上にある稲妻が「此の下」とはいかに。明治41年の今日、漱石宅の黒猫が死んだ。漱石が猫の墓標に書いた追悼句がこれだ。死の直前の猫を「眼《め》の色はだんだん沈んで行く。日が落ちて微かな稲妻があらわれるよう」（『永日小品』）と振り返る文章がある。とすると、宵闇の稲妻のような眼の猫が、埋めた土の下で稲妻を起こすかも、との意味か。彼は『吾輩は猫である』のモデル。稲妻のように、夏目家に幾多の事件をもたらした。

（明治41年）

## トビハゼは飛び廻《まわ》りつつ老ひにけり

南方熊楠《みなかたくまぐす》

9月14日

干潟を泥まみれで飛び回るトビハゼの活《い》きのよさに、在野で研究に没頭した熊楠の生きざまが重なる。希代の博物学者・南方熊楠は、漱石・子規と同い年、東京大学予備門の同期だ。独学で粘菌や民俗学など多岐にわたる研究を続け、世界的な科学誌『ネイチャー』に50本もの論文を発表、記録は今も破られていない。のちに河東碧梧桐が和歌山の熊楠を訪れた際、子規を「正岡は勉強家だった。(略)おとなしい美少年だった」と懐かしんだそう。

(不明)

## 秋の川真《ま》白《しろ》な石を拾ひけり

漱石

9月15日

秋の河原で真っ白な石を拾った。ただそれだけの報告だが、白の清らかさや秋の侘《わび》しさから、清潔な寂しさがひたひたと満ちてくる。芭蕉の〈石山の石より白し秋の風〉、石山の岩肌より秋風の方が白く感じるという句も、石×白×秋の構造。芭蕉や漱石の句の下敷きには、中国由来の五行説がある。冬は黒、春は青、夏は赤、かつて季節には色があると考えられていた。秋の色は、白。手のひらの「真白な石」が、ひんやりと季節を告げる。

(明治32年)

## 人問ハヾマダ生キテ居《い》ル秋ノ風

子規

9月16日

病人か、老人か。訪ねると、まだ生きていた。「まだ」の語がかえって、いつ死んでもおかしくない現状を炙《あぶ》り出す。無常を知らせる秋風が、命の儚《はかな》さを強調する。明治35年の今日、高浜虚子は、松山の「海南新聞」の連載記事「正岡子規君」を、子規の枕元で読んで聞かせた。執筆者は匿名。虚子が「柳原極堂だろう」というと、子規は「そーさ」と頷《うなず》く。離れていても、互いを思い合う子規と極堂。子規が亡くなる3日前の朝のこと。

（明治34年）

## 草の花少しありけば道後なり

子規

9月17日

草の花は、雑草の花の総称。野道を少し歩けば道後に着くよ。小さくて優しい報告だ。明治28年秋、漱石と同居中の子規は、友人と松山各所を散策、吟行記を『散策集』にまとめた。この句は柳原極堂と道後を歩いた作。他にも〈露草や野川の鮒《ふな》のさゝ濁り〉と詠み、故郷の何でもない風景をいとおしんだ。

子規の死の前年、極堂は松山の風景写真を送る。子規は「故郷ノ光景ツクヅク見テ居ルトコマカナ処《ところ》ニ面白ミガ何ボデモアル」と喜んだ。

（明治28年）

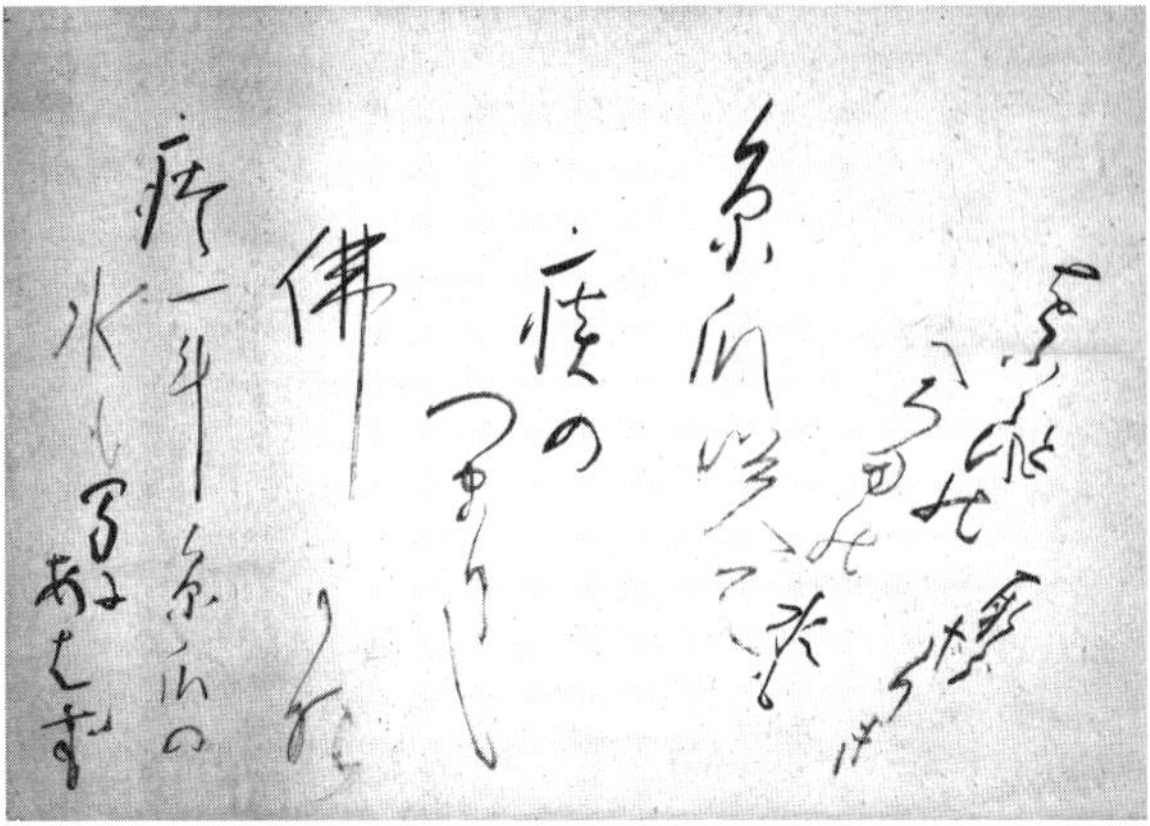

子規「絶筆三句」（国立国会図書館蔵）

9月18日

# 糸瓜《へちま》咲《さい》て痰《たん》のつまりし仏かな

子規

仏とは死者のこと。糸瓜が咲く頃、痰が喉に詰まった遺骸が横たわる。糸瓜の花の黄と痰の黄と。明治35年の今日、河東碧梧桐は、筆に墨を吸わせ、仰臥《ぎょうが》の子規に手渡した。子規は妹・律が支える画板の唐紙に、まずこの句を書く。翌日未明に命尽きる子規の絶筆だ。痰に苦しみ、絶え絶えに〈痰一斗糸瓜の水も間にあはず〉〈をととひのへちまの水も取らざりき〉と書き、筆を投げ捨てた。仏は子規自身。死を目前に、死んだ己をも客観視する。

（明治35年）

## 子規逝《ゆ》くや十七日の月明《げつめい》に

高浜虚子

9月19日（子規忌）

今日は子規忌だ。明治35年の今日、深夜1時に、子規は息を引き取った。子規庵に宿直していた虚子は、河東碧梧桐へ知らせに飛び出す。夜空には旧暦8月17日、十五夜から2日後の、やや欠けた月が輝いていた。子規の絶筆〈をととひのへちまの水も取らざりき〉の一昨日とは十五夜のこと。十五夜に採った糸瓜水《へちま》を飲むと痰《たん》が切れるという伝承を踏まえ、その糸瓜水すら取らなかったと嘆じた。子規は逝った。十七日の月明かりの中で。

（明治35年）

## 珍《めず》らしきみかむや母に参らする

子規

9月20日

珍しい蜜柑《みかん》だ、貴重だから母上に献上しよう…素直な敬慕の念。子規の晩年の日記には、母・八重と妹・律との団欒《だんらん》が度々描かれる。「三人集ツテ菓子クフ」「家庭団欒会ヲ開ク隣家ヨリモラヒシオハギヲ食フ」。子規は一家団欒の重要性を説くが、それは彼自身が団欒の楽しさを知っていたから。

子規が逝った夜、苦しみによじれた体を仰《ぎょう》臥《が》に整えるとき、母はその肩に触れ「サア、も一遍《いっぺん》痛いというてお見」と言った。眼《め》からぼたぼた雫《しずく》が落ちた。

（明治35年）

9月21日

筒《つつ》袖《そで》や秋の柩《ひつぎ》にしたがはず

漱石

「筒袖」は漱石独自の語で、洋服のこと。和服の袂《たもと》と違う、筒状の袖の洋服を着て異国にいる私は、秋に死したその人の葬列にも参加できなかったよ。英国で子規の死を知った漱石が、高浜虚子に宛てた、子規追悼の句だ。「出発の当時より生きて面会致す事は到底叶《かな》ひ申《もうす》間《ま》敷《じく》」「今更驚きは不致《いたさず》、只々《ただただ》気の毒」と添えた。〈霧黄《き》なる市《いち》に動くや影法師〉も同時作。霧の町ロンドンで、市街の霧の中をよぎるのは、亡き子規の幻影か。

（明治35年）

9月22日

長けれど何の糸瓜《へちま》とさがりけり

漱石

「何の糸瓜」とは、少しも価値がないという諺《ことわざ》。育ち過ぎて長いだけで、何の役にも立たない糸瓜がぶら下がる。人間にも、糸瓜的な人、いるよなあ。ん、俺のこと？　初の小説『吾輩ハ猫デアル』中編自序に、漱石は亡き子規への思いをつづった。病臥《びょうが》の子規が筆無精を詫《わ》びた「苦シイカラ許シテクレ玉へ」は真実だが、留学中の自分の「忙がしいから許してくれ玉へ」は言い逃れだった。小説と共に、この糸瓜の句を子規に献じる、と。

（明治29年）

9月23日

# 西行に糸瓜《へちま》の歌はなかりけり

子規

子規はなぜ辞世の句に糸瓜を選んだのか。河東碧梧桐によると、子規はかねがね、夏に死んだら時鳥《ほととぎす》の追悼句が山ほど来るのが嫌だ、と話していたとか。時鳥は古い季語で作例も多く、陳腐になりがち。念願かなって夏を越した子規は、格好よさも詩的感興もない、およそ辞世とは結び付かぬ糸瓜を選んだ。もちろん歌人・西行にも糸瓜の歌はない。だからこそ、新たな一句が期待できるのだ。和歌が詠み残した余白に、俳句の可能性がある。

（明治31年）

9月24日

# 句碑へしたしく萩《はぎ》の咲きそめてゐる

種田山頭火

句碑のそばで萩が咲き始めた。優しい萩が似合う、親しみのもてる句なのだ。過去の遺物の句碑と、今を咲く萩を、「ている」の現在進行形で対置した。「子規忌」と前書き、山頭火が親しみを寄せたのは子規の句だった。子規の死から約40年、放浪の自由律俳人・山頭火は、松山を訪れ庵《いおり》を結ぶ。自由律俳句は、子規の「写生」を追求する河東碧梧桐が、五七五の定型とは違う自由な韻律《いんりつ》を探る流れから生まれた。つまりは、山頭火も子規派なのだ。

（昭和15年）

9月25日

# 月《つき》東《ひがし》君は今頃寐《ね》て居《い》るか

漱石

蕪村の〈菜の花や月は東に日は西に〉しかり、月は東からのぼり、あかあかと照る。もう夜更けだ、君もさっきまでこの月を見ていたかもしれないが、今頃は眠りの中かな。離れ住む親しい君が本当に寝ているなら、思いは今、一方通行で切ない。

明治29年の今日、熊本の漱石が、東京の子規宛ての手紙に添えた句。月の輝く東には故郷・東京があり、親友・子規がいる。つまり「君」は子規。松山で共に月を仰いだ夜を、一人思い出す。

（明治29年）

9月26日

# 秋雨に捨て猫をけふも捨てかねし

坪内逍遥《しょうよう》

明治25年の今日、子規と漱石は坪内逍遥と面談した。逍遥は2人の8歳上、江戸時代の勧善懲悪の「物語」を否定し、個人の心情を描く「小説」を近代芸術として位置づけた、明治の大文学者だ。新時代の文学を志す者同士。面会の後、子規は逍遥編集『早稲田文学』俳句欄を担当した。

逍遥の俳句は趣味の域を出ないが、人情味にあふれる。今日の句も、いったん拾った猫を雨の中に捨てるのはかわいそうと、逡巡《しゅんじゅん》する心情をすくい取った。

（『柿紅葉』）

9月27日

# 小刀や鉛筆を削り梨を剝《む》く

子規

一本の小刀で、物を書く鉛筆も削り、食べる梨も剝く。書く子規、食べる子規、子規らしさがぎゅっと詰まった一句だ。

日記『仰臥漫録《ぎょうがまんろく》』には、食べることが何よりの楽しみだった子規の、毎日の献立が記録してある。明治34年の今日の昼食は「マグロノサシミ　煮茄子《なす》　ナラ漬《づけ》　粥《かゆ》三ワン　梨一焼栗五六　カン詰《づめ》ノパインアップル」。病人の食事量とは思えないが、子規は執拗に記すことで、自分の生命力を確かめていたのかもしれない。

（明治29年）

9月28日

# 曼《まん》珠《じゅ》沙《しゃ》花《げ》門前の秋風紅一点

漱石

門前に咲く曼珠沙華が、風に吹かれる。さみしい秋の風景の中に、一輪の紅のアクセント。無常の秋風と、死人花の異名を持つ曼珠沙華と…季語を二つも用い、秋のむなしさが増幅した。中国の詩人・王安石の「詠柘榴《ざくろ》詩」の一節「万緑叢中紅一点《ばんりょくそうちゅう》」を踏まえて読みたい。木々が生い茂り世界が緑に包まれる夏、石榴《ざくろ》の花が一輪、紅一点として咲いている…生命力あふれる夏の詩を、衰えの秋の句に転じたことで、無常感がいっそう際立つ。

（明治28年）

9月29日

## 俳諧や木の実くれさうな人を友

子規

木の実や団栗《どんぐり》は生活の役に立たないが、もらうと何だかうれしい。俳句も同じ。木の実をくれそうな人、些細《ささい》な季節の変化を共有できる人、即《すなわ》ち俳諧の座を囲む友。柳原極堂は、子規と漱石に互いの人物評をさせようと試みた。子規は漱石を「江戸ッ子だと思つてゐ給へ」。漱石は「子規の悪口をいふ人があるだらうか」、彼の悪口をいうのは頭の標準の低い人だ、と禅問答のよう。子規と漱石、きっと木の実くれさうな人同士、簡単に語れぬ仲なのだ。

（明治30年）

9月30日

## ひや〳〵と雲が来る也《なり》温泉《ゆ》の二階

漱石

湯上がり、温泉の二階で雲を眺める。至福の時間だ。「ひやひや」が、ほてる肌を吹く風の心地よさを伝える。九州での作だが、松山・道後温泉の二階の広間みたい。

小説『三四郎』に、掃除を終えた三四郎と美禰子《みねこ》が、二階から雲を見る場面が。雲は雪の粉だと教える三四郎に、美禰子は「雲は雲でなくっちゃいけないわ。こうして遠くから眺めている甲斐《かい》がないじゃありませんか」と返した。雲は雲。心を空っぽにして、ただ眺める涼しさよ。

（明治29年）

## 『吾輩ハ猫デアル』中編自序抜粋

虚子の依頼で「ホトトギス」に書いた小説『吾輩ハ猫デアル』が人気を博し、漱石は一躍有名小説家に。書籍にする際、上中下巻のうち中編の序文に、亡き子規への思いの丈を綴った。文中の「猫」は小説『吾輩ハ猫デアル』のこと。

子規がいきて居たら「猫」を読んで何と云うか知らぬ。或いは倫敦消息は読みたいが「猫」は御免だと逃げるかも分らない。（略）子規は死ぬ時に糸瓜の句を咏んで死んだ男である。だから世人は子規の忌日を糸瓜忌と称え、子規自身の事を糸瓜仏となづけて居る。余が十余年前子規と共に俳句を作った時に

　長けれど何の糸瓜とさがりけり

という句をふらふらと得た事がある。糸瓜に縁があるから「猫」と共に併せて地下に捧げる。

　どつしりと尻を据えたる南瓜かな

と云う句も其頃作ったようだ。同じく瓜と云う字のつく所を以て見ると南瓜も糸瓜も親類の間柄だろう。親類付合のある南瓜の句を糸瓜仏に奉納するのに別段の不思議もない筈だ。そこで序でながら此句も霊前に献上する事にした。子規は今どこにどうして居るか知らない。恐らくは据えるべき尻がないので落付をとる機械に窮しているだろう。余は未だに尻を持って居る。どうせ持っているものだから、先ずどっしりと、おろして、そう人の思わく通り急には動かない積りである。然し子規は又例の如く尻持たぬわが身につまされて、遠くから余の事を心配するといけないから、亡友に安心をさせる為め一言断って置く。

明治三十九年十月

○河東碧梧桐　かわひがし・へきごとう（本名：秉五郎《へいごろう》）
明治６年２月26日～昭和12年２月１日
松山市生まれ。俳人、随筆家。藩校・明教館教授、河東静渓の５男。子規から俳句と野球を学ぶ。高浜虚子とともに子規門の双璧とされる。新傾向俳句、自由律俳句を標榜

# 十月

晩秋

河東碧梧桐

# 松山や秋より高き天主閣《てんしゅかく》

子規

ああ、松山だ。ほら、高く澄む天に、松山城の天守閣が見えるぞ。大気が澄んで空を高く感じる季語「秋高し」を転じ、その秋より高い天守閣であると、城の存在感を寿《ことほ》いだ。

「世に故郷程《ほど》こひしきはあらじ（略）故郷近くなれば城の天主閣こそ先《ま》づ目をよろこばす種なれ」、子規にとって松山城は故郷のシンボルだった。外出のままならぬ子規は、各地の風景写真を多く所有していたが、中に松山城の写真も一葉。裏にはこの句が記してあった。

（明治24年）

子規旧蔵写真「豫州松山城」
（松山市立子規記念博物館蔵）

# 汽車道をありけば近し稲の花

子規

10月2日

線路を歩いてゆけば、一面の田んぼ。稲の花も咲き、もうすぐ収穫だ。和製スタンドバイミー、リラックスした心が「近し」に読み取れる。『散策集』によると、子規は明治28年の今日、汽車の道に沿って石手川の土手まで散歩している。同郷の作家・大江健三郎は、子規を「歩く人」だと捉えた。「この世界に向けて、歩きながら能動的な関係を結ぼうとする人間」だと。その歩く身体感覚が、稲の香りや風の優しさを句に引き寄せた。

（明治28年）

# 月に行く漱石妻を忘れたり

漱石

10月3日

宇宙飛行士姿の漱石が、手を挙げてロケットに乗り込む。地球に妻を置き、月を目指すのだ…と、ついSFの場面を想像した。「妻を遺《のこ》して独り肥後に下る」と前書き。流産した妻・鏡子を鎌倉へ見舞い、赴任地の熊本へ戻る際に詠んだ。うっかり妻を忘れてきたという言いぶりは、事態の深刻さを薄めようとするよう。月光の中、月ほど遠い熊本へ単身で向かう漱石。忘れたとあえて言葉にすることで、かえって心の中で妻が思い出されるのだ。

（明治30年）

10月4日

# 末枯《うらがれ》や蟻《あり》の築きし土の塔

中村愛松《あいしょう》

草や葉が先から枯れてくるのが「末枯」だ。夏の力を賭して蟻が築き上げた巣も、晩秋の末枯の風景の中で、今にも崩れそう。兆す衰えには抗《あらが》えない。「築きし」の過去形が、栄華を過去とする。愛松は松風会《しょうふうかい》の一員。『散策集』には、子規、愛松、柳原極堂、大島梅屋《ばいおく》が御幸寺山麓に吟行した記録が残る。愚陀仏庵の家主の孫・久保より江は「校長先生はじめ沢山《たくさん》の先生が句会に来られた」と証言するが、この小学校校長が愛松だった。

（『なじみ集』）

10月5日

# 我死なで君生きもせで秋の風

子規

私は死なず、君は生きず、ただ秋風がむなしく吹くばかり。「我生きて君は死す」と素直に書くより、心に迫る。死にそうだった私と、生き返らない君と。否定形で書くことで、否定した私の死と君の生とがかえって強調された。子規の従軍中に命を絶ったいとこ・藤野古白《こはく》の墓を、帰省して初めて詣でた句。子規の晩年の日記『仰臥漫録《ぎょうがまんろく》』では、痛みに耐えかね自殺を試みる記述のそばに「古白曰来《いわくきたれ》」の四字が。古白が呼んでいる。子規は死の向こう側に、古白の幻影を見ていた。

（明治28年）

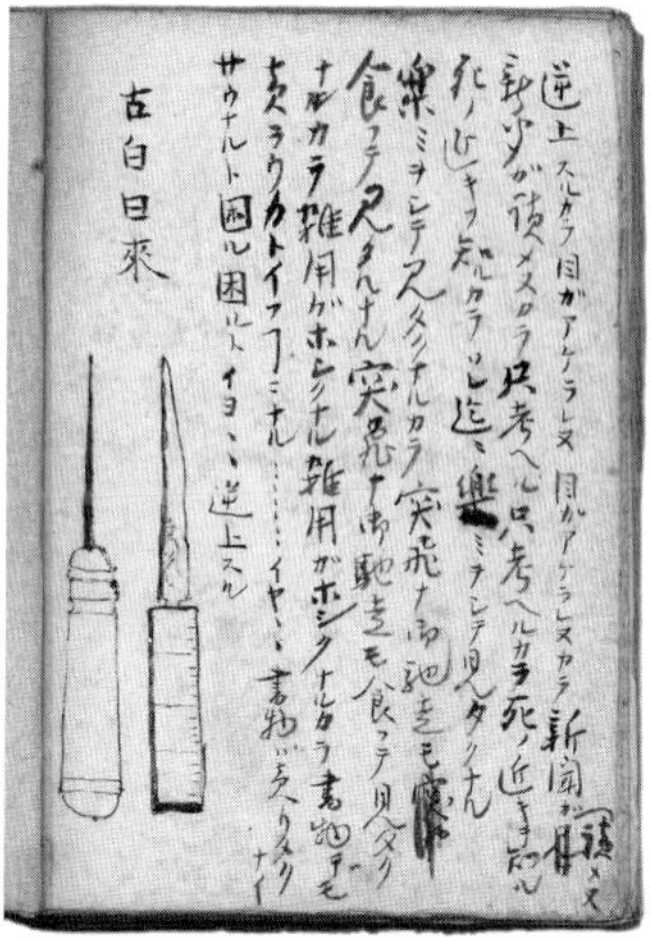


『仰臥漫録』、「古白曰来」
（虚子記念文学館蔵）

10月6日

# 色里や十歩はなれて秋の風

子規

遊郭の並ぶ色里から十歩離れると、秋風が身にしみる。距離をとれば見えてくる、情欲のむなしさ。「十歩」という身体的表現が、臨場感を醸し出す。明治28年の今日、同居中の子規と漱石は松山・道後で遊んだ。「今日ハ日曜なり天気は快晴なり病気ハ軽快なり」（『散策集』）。2カ月前に運行開始の道後鉄道で、前年建ったばかりの道後温泉本館へ。途中、色町の坂の上、宝厳寺《ほうごんじ》の山門に腰かけてこの句を詠んだ。昼の色里の侘《わび》しさも、秋らしい。

（明治28年）

宝厳寺山門＝松山市道後湯月町

10月７日

# 吾《わが》生《せい》はへちまのつるの行き処《どころ》

柳原極堂《きょくどう》

私の人生は、糸瓜《へちま》の蔓《つる》が伸びてゆく先を、共に目指したようなものだったなあ。極堂、辞世の句。糸瓜とは、糸瓜の句を詠みこの世を去った、子規の言い換えだ。

14歳の冬、子規と友達になりたくて、本を片手に初めて漢詩を作り贈った。上京して共に学び、俳句にも打ち込んだ。生涯の仕事とした新聞事業も、記者だった子規と同じ道。子規の没後も顕彰に努め、昭和32年の今日、90歳でこの世を去った。子規に憧れ続けた人生だった。

（昭和32年）

10月 8 日

# 花木槿《むくげ》家ある限り機《はた》の音

子規

『散策集』最後の吟行は、村上霽月《せいげつ》宅を訪ねるため、人力車に乗って今出《いまづ》（現・松山市西垣生町）へ。和歌や俳句を熱く語らい、午後は海岸沿いを散歩する。伊予絣《かすり》の産地・今出の町は、どの家からも機織りの音が聞こえただろう。木槿は秋の季語、庭に垣根に、白や紫の花びらが、やわらかくひらく。浜辺では〈夕栄《ゆうばえ》や鰯《いわし》の網に人だかり〉と、海辺の日常を切り取った。家がある限り、そこに人が暮らし、季節が巡る。夕映えに照る鰯の光が眩《まぶ》しい。

（明治28年）

木槿の花

10月9日

# 行く秋や我に神なし仏なし

子規

『散策集』の今出《いまづ》（現・松山市西垣生町）からの帰路、子規は考え事をしていた。秋も終わり厳しい冬が来るが、私には助けてくれる神も仏もいない。病を得た身で、この先、何ができるだろう。後に上五の「や」を「の」に推敲《すいこう》。「や」だと眼前の晩秋の風景が印象に残り、「の」だと我の孤独が際立つ。子規は『散策集』の最後にこの句を置き、「点燈《てんとう》寓居《ぐうきょ》に帰る」と締めくくった。漱石が明かりを点《とも》して待つ、愚陀仏庵《ぐだぶつあん》に帰って来たのだ。

（明治28年）

10月10日

# 夕月や野川をわたる人はたれ

漱石

野の夕景に、はや月が出ている。暮れてゆく日ざしの中、シルエットになって、小川を渡る人の顔がよく見えない。あれは誰？　こんな夕べに、どこへ行くの？　誰かに会いに行く恋の場面だろう。明治28年秋、子規を訪ねた村上霽月《せいげつ》と学校帰りの漱石、ちょうどやって来た柳原極堂の4人で、愚陀仏庵《ぐだぶつあん》で句会した際の作。「おいおい、誰を見て詠んだんかいな」「恋の句とは、漱石先生、やりおるのう」なんて句評が飛び交ったかも？

（明治28年）

10月11日

## 其《その》人の名もありさうな花野哉

子規

桔梗《ききょう》、撫子《なでしこ》、萩《はぎ》…風吹く秋の花野に、その人の名を持つ花もありそう。きっと秋の花のように楚々《そそ》とした人だ。「恋」と前書き。え、子規さんが恋？　26歳、青年の一句。「この丘に菜摘《なつ》ます児《こ》家聞かな名告《なの》らさね」は『万葉集』巻頭の雄略天皇の長歌から。野で出会ったお嬢さん、家を教えて名前を教えて。当時、男が女の名を問うのは求婚を、答えて女が名乗るのは承諾を意味した。名前はその人の魂そのもので、野原は恋の舞台だった。

（明治26年）

10月12日

## 観念の月晴れにけり我一人

子規

私の心の月は晴れた。私は一人、月を仰いで己の道をゆく。明治28年の今日、愚陀仏庵《ぐだぶつあん》を去り東京へ戻る子規の送別会が開かれた。漱石や柳原極堂、松風会《しょうふうかい》の会員ら17人が出席。子規は挨拶に、出席者全員の俳号を句に詠んだ。冒頭の句は近藤我観《がかん》宛て、「我」と「観」が詠み込んである。〈色かへぬ松は愛《め》でたし竹ゆかし〉は中村愛松《あいしょう》へ、〈秋の暮狸《たぬき》を伴《つれ》て帰りけり〉は伴狸伴《ばんりはん》へ…オーダーメードの一句、うれしいサプライズプレゼントだ。

（明治28年）

10月13日

この夕《ゆうべ》野分に向《むい》て分《わか》れけり

漱石

野分が吹き渡る荒れた夕べに、君と僕は、別々の道を選び、別れてゆくのだなあ。愚陀《ぐだ》仏庵《ぶつあん》を去り帰京する子規に、漱石が送った句だ。「この」の指示語が、他のどの日でもない今日を際立たせ、野分とあいまって運命的な気配を漂わせる。〈お立ちやるかお立ちやれ新酒菊の花〉も同時作。行くのか、分かった、行け。新酒を酌み交わし、菊をめで、別れよう。江戸っ子漱石は、伊予弁「お立ちやれ」を使い、子規への親愛の情を表した。

（明治28年）

10月14日

行《ゆく》秋《あき》や病気見舞の青蜜柑《あおみかん》

子規

万物枯れゆく秋の終わりに、青蜜柑のみずみずしさがうれしい。病気と闘う力が湧く。明治33年の誕生日、子規は変わった方法で弟子にプレゼントを注文した。プレゼントの色を指定したのだ。お題「赤」を出された高浜虚子は、赤く染めたゆで卵を持参。寒川鼠骨《そこつ》は「青」で青蜜柑、坂本四方太《しほうだ》は「黄」で張り子の虎。ごちそうを食べ、話は弾み「実ニ愉快デタマラナンダ」。今日は子規の誕生日。子規さん、次は何色の贈り物がいいですか？

（明治33年）

## どっしりと尻を据えたる南瓜《かぼちゃ》かな

漱石

10月15日

南瓜って確かにそんな感じ。オノマトペや擬人化、切れ字「かな」が、堂々とした南瓜らしさを引き出した。『吾輩ハ猫デアル』中編自序に引用した句。子規は死んだが、自分はまだ生きて尻がある。どうせあるなら「どつしりと、おろして、さう人の思はく通り急には動かない積《つも》りである」と、亡き友へ自分のスタンスを語った。小説がヒットして急に注目を浴びたけど、子規、心配しなくていいよ。子規の死後も、漱石は子規と対話した。

（明治29年）

## 南《なん》窓《そう》に写真を焼くや赤《あか》蜻《とん》蛉《ぼ》

漱石

10月16日

日当たりのいい南向きの窓に、現像した写真が干してある。その向こうには赤蜻蛉、秋の青空や、田んぼの稲の香り。写真の中の小さな風景と、窓の外に広がる風景とが呼応し、まさにフォトジェニックな一句だ。「熊本高等学校秋季雑詠」の「物理室」を詠んだ句。陶淵明《とうえんめい》の詩「帰去来辞《ききょらいのじ》」に「南窓に倚《よ》りて以《もっ》て傲《ごう》を寄せ」、南の窓にもたれてくつろいでいる、という一節がある。この句ののびやかな気持ちよさも、「南窓」の一語ゆえ。

（明治32年）

10月17日

大空に月より外《ほか》はなかりけり

新海非風《にいのみひふう》

広い夜空に、月の他には何もない。他を排し、美しい月を存分に輝かせた。「この印籠が目に入らぬか」「我が生涯に一片の悔いなし」、決めぜりふには否定形が多い。この句も「なかりけり」がかっこいい。

明治22年10月、子規は非風を介し、五百木飄亭《いおきひょうてい》と初めて会った。松山人同士、子規の下宿で梨をかじりつつ、自然主義文学者エミール・ゾラの話をし、上野の森へ月見に。その晩の名吟がこの句だ。即席月見吟行の後、3人は俳句に熱中し始める。

（明治22年）

10月18日

行く我にとゞまる汝《なれ》に秋二つ

子規

旅立つ私と、ここにとどまる君と、別々の秋を迎えるのだなあ。「秋二つ」と経験を分断し、孤高の2人を立たせた。『百人一首』に〈月見ればちぢに物こそ悲しけれわが身ひとつの秋にはあらねど　大江千里《おおえのちさと》〉、私一人に秋が来たわけじゃないけど、何だか物悲しいな、という歌がある。「わが身ひとつの秋」を想定する思考と「秋二つ」の発想はどこか近しい。愚陀仏庵《ぐだぶつあん》を去る子規が漱石へ送った句だ。昨日まで「秋一つ」を共有していた我と汝。

（明治28年）

旧制松山中学校（明治期）。子規が学び、漱石が教壇に立った

10月19日

大牛《おおうし》のいばりしかぬる野わきかな

久松陽松《ようしょう》

明治28年の今日、子規は松山・三津から船に乗る。52日間の愚陀仏庵《ぐだぶつあん》での共同生活を終え、帰京するのだ。出航を待つ間、松風会《しょうふうかい》の句稿、その名も「帰りかけ」の選句をこなす。ぎりぎりまで松山の俳人たちのために仕事をした。子規が「地」＝二位に推したのがこの句。大きな牛も、激しい野分の前ではおしっこするのをためらっている、ユーモラスな場面だ。「天」＝一位は中村愛松《あいしょう》の〈大寺の庫裏も伽藍《がらん》も野分哉〉。句柄が大きく格がある。

（明治28年）

10月20日

## 鶏頭《けいとう》の十四五本もありぬべし

子規

鶏頭が十四五本はあるはずだ。…だから何? 百年来、名句か駄句かで評価の二分する句だ。十二三本じゃダメか、数字の必然性が問われるが、肝は下五。「十四五本あるよ」と言われたら「あるある、鶏頭ってかたまって咲くよね」と気軽に答えられるが、「ありぬべし」の語気の強さは「十四五本も…あるに違いないのだ!」と叫ばれる感じ。気おされる。鶏頭にそこまで本気になれる愛が、庭の些細《ささい》な一風景を希代の代表句に押し上げた。

(明治33年)

10月21日

## 一行《いっこう》に画《え》かきもまじる月夜かな

子規

月を見つつ歩む一行に、絵描きも一人。彼ならこの月をどう描くか。紛れ込んだ画家の視線が、月夜の見え方を少し更新する。「鳴《めい》雪不折《せつふせつ》両氏につれたちて」と前書き。明治27年春、子規は新聞「日本」の挿絵を依頼し、洋画家・中村不折《ふせつ》と知り合った。子規がその文学の芯に据えた「写生」は、不折を介し輸入した西洋画の理論だ。彼との対話をヒントに、子規は新時代の文学理論を構築した。俳句の外へ向ける視野の広さが、俳句を更新したのだ。

(明治27年)

## 樽《たる》柿《がき》を握るところを写生哉

子規

10月22日

樽柿とは、空の酒樽で渋を抜いた柿。「自ら自らの手を写して」と前書き、柿を握る自分の手をデッサンしているのだ。食べて味わい描いて楽しむ、子規の貪欲さ。ちゃっかり、提唱する理念「写生」も詠み込んで。「外界の事物を客観して、それでよい塩梅《あんばい》にスケッチブックへ止めればよい」とは、洋画家・中村不折《ふせつ》の写生論。世界をどう見つめ、どう切り取るかが個性なのだ。写生する姿すら写生する子規の、オリジナリティーの爆発よ。

（明治32年）

## 柿喰《く》ヒの俳句好みしと伝ふべし

子規

10月23日

「我死にし後は」と前書き。私が死んだら、柿と俳句を愛した男だと言い伝えてくれ。漱石は応えるように、「子規は果物が大変好きだった。且《か》ついくらでも食へる男だった。ある時大きな樽柿《たるがき》を十六食った事がある。それで何ともなかった」（『三四郎』）と書く。子規は大好物の柿に俳句の可能性を見た。柿、糸瓜《へちま》、鶏頭《けいとう》…歌や詩にならない、かっこよくも哀れでもない素材こそ、俳句にふさわしい。この句は子規の、十七音の俳句論なのだ。

（明治30年）

10月24日

# 肩に来て人懐かしや赤蜻蛉《あかとんぼ》

漱石

赤蜻蛉が来て、親しげに肩にとまる。まるで誰かの生まれ変わりのよう。人を懐かしむのは赤蜻蛉か。赤蜻蛉に郷愁を誘われ、過去を振り返る私か。

随筆『思ひ出す事など』に「空が空の底に沈み切ったように澄んだ。高い日が蒼《あお》い所を目の届くかぎり照らした。（略）眼《め》の前に群がる無数の赤蜻蛉を見た」と書き「人よりも空、語《ご》よりも黙《もく》」の語と共に添えた句だ。世間に疲れ冗舌に疲れ、ただ空を仰ぐ沈黙の心地よさ。

（明治43年）

10月25日

# 鐘つけば銀杏《いちょう》ちるなり建長寺

漱石

おや、どこかで聞いた句…〈柿くへば鐘が鳴るなり法隆寺〉に似ているが、実は漱石が2カ月早い。明治28年9月6日「海南新聞」掲載の句で、子規も知っていたはずだ。建長寺は鎌倉の寺。漱石は同じ鎌倉の円覚寺で、禅の修行をしたことがあった。ただ、鐘×銀杏×寺のコンボはいかにも陳腐。子規はもっと面白く詠んでやろうと、漱石の句の変奏を試みたのでは。こがいな句はどうぞなもし？　漱石、名アシスト！　子規の代表作は漱石との共同から生まれた。

（明治28年）

## 柿くへば鐘が鳴るなり法隆寺

子規

10月26日

柿をかじったことが合図で、鐘が鳴り、世界が動きだしたような臨場感。松山・愚陀仏《ぐだぶつ》庵《あん》から帰京の途次、子規は奈良に寄り、美女の剝《む》く柿を食べて東大寺の鐘を聞いた。法隆寺にしたのは歴史の古さゆえか、「ほーりゅーじ」が鐘の音のように伸びやかだからか。柿は「従来詩人にも歌よみにも見離されておるもので、殊に奈良に柿を配合するというような事は思いもよらなかった」、新しい着想を喜ぶ子規。ちなみに旅費は漱石のポケットマネー。句形も借りて、お金も借りて。

（明治28年）

## 別るゝや夢一筋の天の川

漱石

10月27日

ああ今、君と別れるのだなあ。共に在りたいというかなわぬ夢は、美しい一筋の天の川となり夜空に輝く。明治43年秋、胃潰瘍の療養に訪れた静岡県の伊豆・修善寺で、大量吐血し危篤に陥った直後の句。意識を失った30分間の臨死体験の記憶はなく「微《かす》かな羽音《はおと》、遠きに去る物の響、逃げて行く夢の匂ひ、古い記憶の影」（『思ひ出す事など』）といった生死の境の神秘は知らぬまま。せめて俳句で神秘を追体験すべく、ロマン的な語を詰め込んだか。

（明治43年）

## 宵の鹿夜明《よあけ》の鹿や夢短《みじ》か

漱石

10月28日

宵闇の崖に立つ鹿。夜明けの浜を振り返る鹿。断片的な夢の薄暗がりに、鹿のシルエットが浮かぶ。宵や夜明けの浅い眠りは、夢も短く儚《はかな》い。秋は鹿の恋の季節、恋の思いも重なるか。夢の内容を幻想的に描いた小説『夢十夜』は、「こんな夢を見た。」という書き出しが印象的だ。第一夜は、死んだ女を待ち続ける男の夢。「百年、私の墓の傍《そば》に坐《すわ》って待っていて下さい。きっと逢《あ》いに来ますから」。宵に夜明けに鹿を夢を見るこの句の主人公も、誰かをずっと待っているみたい。百年の夢は短い。

（明治40年）

## 五臓六腑《ろっぷ》皆秋風にさらされん

武市庫太《くらた》

10月29日

五臓六腑全てが秋風にむき出しにさらされるようなむなしさよ。「送子規之河内」と前書き、子規を見送る寂寥《せきりょう》を、五臓六腑＝身体感覚と、秋風＝言語感覚を総動員し詠み上げた。武市庫太は愛媛県松前町出身の政治家。子規とは松山中学での漢詩創作の仲間で、「蟠松《ばんしょう》」の号で俳句も詠んだ。子規は松山郊外の出合《であいの》渡《わたし》を舟で渡り、泊まりがけでよく庫太に会いに行った。蓮池へ行ったり、月見をしたり。故郷の川を思うとき、庫太との思い出もそこにある。

（『なじみ集』）

## カブリック熟柿《じゅくし》ヤ髯《ひげ》ヲ汚シケリ　子規

10月30日

熟柿にかぶりつき、髯まで汁まみれ。顔ごとむさぼる勢いに、食欲がはじける。こんな汚れなら大歓迎だ。子規は死の2カ月前、諦めについて考察している。松山では、子どもに灸《きゅう》を据える習慣があった。灸のつらさを、ただ耐える子は「あきらめたのみ」、苦にもせず読書などして過ごす子は「あきらめるより以上の事をやって居る」。子規は病床でなお、俳句や短歌を作り、庭の草花や小鳥を愛し、柿をむさぼった。病気を楽しむ。子規は、あきらめる以上の事をやったのだ。

（明治34年）

## 秋風の聞《きこ》えぬ土に埋めてやりぬ　漱石

10月31日

むなしさをかき立てる秋風を、もう聞かなくていいように、死者を土の下に埋めた。「埋めてやる」なら五七五に収まるのに、完了「ぬ」を足し、字余りで余情を強めた。彼を失った私の耳に、秋風が無常を告げる。「わが犬のために」と前書き。飼い犬ヘクトーの死に捧《ささ》げ、白木の墓標に書いた句だ。ヘクトーは、ホメロスの叙事詩『イーリアス』でアキレスに討たれた、トロイの王子の名。敗者の名を選ぶところが、へそ曲がりの漱石らしい。

（大正3年）

## 「散策集」子規と漱石のデート

明治28年10月6日、愚陀仏庵同居中、子規と漱石は道後で遊んだ。日曜だから、漱石の学校が休みだったのだ。子規がまとめた松山吟行録「散策集」にその日の記録が残る。愚陀仏庵で二人が過ごした濃密な時間の一端を知る、貴重な資料だ。仲良きことは美しきかな。

今日ハ日曜なり天気は快晴なり病気は軽快なり
遊志勃然漱石と共に道後に遊ぶ三層楼中天に聳
えて来浴の旅人ひきもきらず

温泉楼上眺望
柿の木にとりまかれたる温泉《いでゆ》哉《かな》

鷺谷に向ふ
山本やうしろ上りに蕎麦の花
黄檗の山門深き芭蕉哉

道後をふり返りて
稲の穂に温泉《ゆ》の町低し二百軒

しる人の墓を尋ねけるに四五年の月日は
北邙《ほくぼう》の山墳墓を増してつひに見あたらず
花芒墓いづれとも見定めず

引き返して鴉渓《あけい》の花月亭といへるに遊びぬ
柿の木や宮司か宿の門がまへ
百日紅梢ばかりの寒さ哉
亭ところ〴〵渓に橋ある紅葉哉

松枝町を過ぎて宝厳寺に詣づこ、は一遍上人御
誕生の霊地とかや古往今来当地出身の第一の豪
傑なり妓廓門前の楊柳従来の人を招かでむなし
く一遍上人御誕生地の古碑にしだれかかりたる
もあはれに覚えて
古塚や恋のさめたる柳散る

宝厳寺の山門に腰うちかけて
色里や十歩はなれて秋の風

＊

（この後、大街道の芝居小屋に寄り「てには狂言」を見て何句か詠み、吟行録を締め括った）

○高浜虚子　たかはま・きょし（本名：清）
明治７年２月22日～昭和34年４月８日
松山市生まれ。俳人、小説家。松山藩士・池内政忠の５男。碧梧桐を介して子規に師事、俳句を学ぶ。極堂から俳誌『ホトトギス』を引き継ぎ、「花鳥諷詠」「客観写生」を掲げて、大正、昭和の俳句界を牽引した

# 十一月

初冬

高浜虚子

11月1日

# あやまつて林檎《りんご》落《おと》しぬ海の上

子規

船の甲板の手すりにもたれ、林檎をかじっていたら、「あっ」、うっかり落としてしまった。林檎の赤が、海の青に吸い込まれてゆく。ビビッドな色彩感覚だ。林檎をどこに落とすかで、句の世界が大きく変わる。「床の上」だと食卓風景、「草の上」だと収穫風景。中でも「海の上」は意外な答えだ。予定調和を崩す裏切りに、詩の扉が開く。無造作に林檎をかじる甲板の青年、何だかおしゃれ。あなたなら、どこに林檎を落としますか。

（明治29年）

11月2日

# 世を捨て、瓢《ふくべ》に入《い》らんとぞ思ふ

佐藤紅緑《こうろく》

「俗世を捨て瓢簞《ひょうたん》の中に入ろう。隠棲《いんせい》の哲学を、面白い形の瓢を使い、軽妙に表明した。瓢は酒の器にもなる。快く陶酔できそう。」少年小説『あゝ玉杯《ぎょくはい》に花うけて』で一世を風靡《ふうび》する小説家・佐藤紅緑も子規の門下生。青森の先輩・陸羯南《くがかつなん》の書生を経て新聞「日本」記者となる。同僚の子規から毎日のように題をもらい句を詠んだ。「先生を喜ばせる第一の妙薬は佳句《かく》を多く作って先生の閲覧を乞ふ事」、いい句を読むのが子規の力の源だった。

（『俳三年』）

11月3日

# 雲来《きた》り雲去る瀑《たき》の紅葉かな

漱石

滝つぼの上の小さな空を、雲が来ては去ってゆく。滔々《とうとう》と響く滝音、深く色づく紅葉。雲や滝に心奪われていると、あっという間に小一時間が過ぎる。雲の往来の時間の長さを9音で簡潔にまとめたことで、そんな不思議な時間感覚を言いとめた。明治28年の今日、週末を利用し、愛媛県東温市の白猪《しらい》の滝・唐《から》岬《かい》の滝を見に行って詠んだ句。4年前、子規も同じルートで滝見に出かけている。子規から勧められて、この一人旅を計画したのだ。

（明治28年）

11月4日

# 絶壁や紅葉するべき蔦《つた》もなし

漱石

ああ何たる絶壁。どこでも這《は》い上がる蔦すら寄せつけない。蔦も紅葉する頃なのにその姿が見えない…。季節の巡りと関係なく、永遠に屹立《きつりつ》する絶壁の存在感を詠んだ。滝見吟行の成果だが、句稿を受け取った子規は「陳腐」と一蹴。同時作〈満山《まんざん》の雨を落《おと》すや秋の滝〉は「新ならず妙ならず」、新しくも面白くもない。〈秋雨に明日思はる丶旅寐《ね》哉〉は「初心、平凡、イヤミ」、雨だから明日が心配というのが凡人。丁寧な評はうれしいが、毒舌先生・子規、手厳しい。

（明治28年）

# 白露に朝日の煙る広野哉

森円月《えんげつ》

広い野に朝が来た。草々に露が輝き、日は薄霧に煙って見える。子規へ初めて送った俳句のうち、子規が「◎」をつけ新聞「日本」に載せた句だ。松山・余戸出身の円月は、子規に俳句を学び、漱石と交友した。ある夜、円月は子規の死の夢を見る。「夢は逆さまともいうから、遠慮なく申し上げる」と子規に手紙を送ると、子規は〈腐り尽《つく》す老木と見れば返り花〉と返信。自身を老木にたとえ、まだ返り花を咲かせる力があるかも、と答えた。

（明治28年）

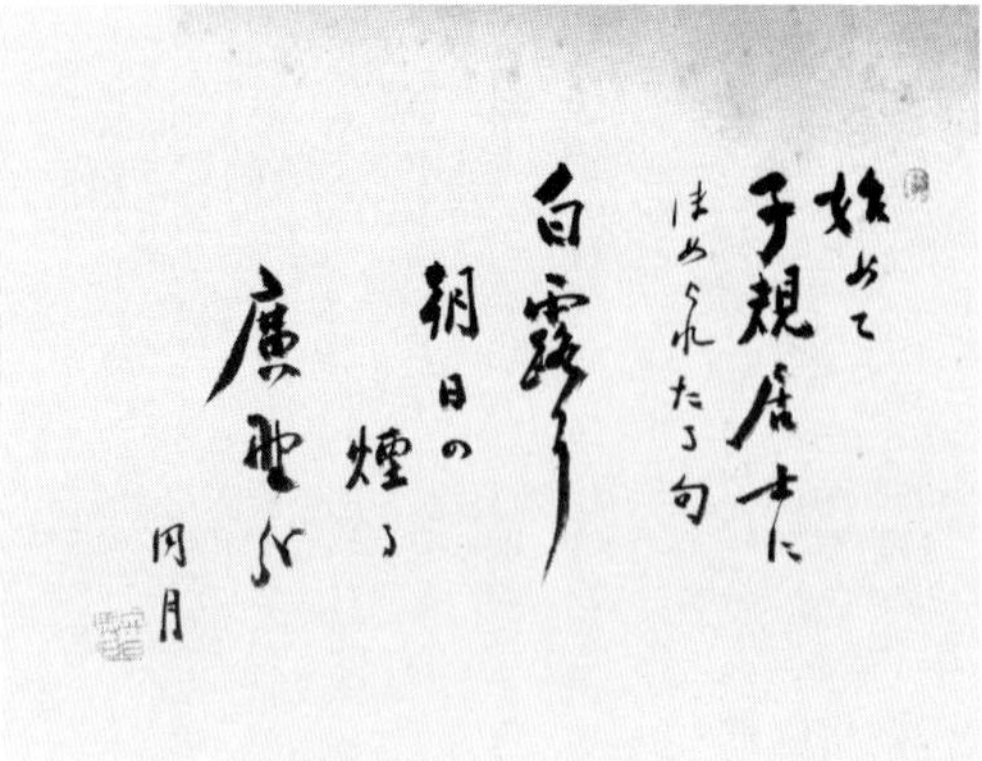

森円月旧蔵揮毫《きごう》帳（松山市立子規記念博物館蔵）

11月6日

# 病む頃を雁来紅《がんらいこう》に雨多し

漱石

雁来紅は葉鶏頭《はげいとう》のこと。秋、雁の渡る頃に色づくので名がついた。病に伏し、庭を無為に眺める日々。葉鶏頭の赤に、鬱々《うつうつ》と雨は注ぐ。明治31年熊本での作。同じ頃、子規は〈鶏頭の黒きにそゝぐ時雨《しぐれ》かな〉と詠んだ。

明治34年の今日、子規は英国の漱石へ手紙を書く。「僕ハモーダメニナツテシマツタ」「君ニ再会スルコトハ出来ヌト思フ」「実ハ僕ハ生キテイルノガ苦シイノダ」。率直な言葉。これが、翌年逝く子規の、漱石への最後の手紙となった。

（明治31年）

11月7日

# 初冬《はつふゆ》の黒き皮剝《む》くバナナ、かな

子規

今日は立冬。厳しい冬を乗り切るために、滋養をつけなくっちゃ。黒い皮は熟しきった証拠だ。皮の黒と果実の白のコントラストが、世界をモノクロにする冬らしい。バナナは当時、希少で高価だった。いよいよ食べるぞという期待感が「かな」の切れ字にこもる。「日本人ではバナナの様な熱帯臭いものは得《え》食わぬ人も沢山《たくさん》ある。（略）自分には殆《ほとん》ど嫌いぢやという菓物は無い。バナナも旨《うま》い」（『くだもの』）。何でも喜ぶ健啖《けんたん》の子規よ。

（明治32年）

子規が「くだもの帖」に描いたバナナ
（国立国会図書館蔵）

11月8日

# 客観のコーヒー主観の新酒哉

寺田寅彦

コーヒーを飲めばクールダウンして客観的に世界を分析し、新酒を飲めば酔って主観的に世界を見つめる。嗜好《しこう》品として愛飲される二者の特徴を、言い得て妙だ。寅彦には〈好きなものイチゴ珈琲《コーヒー》花美人懐手《ふところで》して宇宙見物〉という楽しい歌も。地球物理学者として客観を重視するかと思いきや、五感を持つ「生理的主観的人間」がなければ「科学的客観的人間」も世界も存在しないと書く。漱石・子規直伝の俳句は、さて客観か主観か。

（昭和3年）

小きつねのわれに飛出《とびで》る芒《すすき》かな

服部嵐山《はっとりかざん》

野を歩けば、群生の芒の奥から、小ギツネが私の前に飛び出して来た。瞬間の驚きが「かな」にこもる。芒が目隠しとなり、劇的な場面を演出した。小ギツネもさぞ驚いただろう。嵐山も松風会《しょうふうかい》の一員。「嵐山といへる盲目の俳士あり」から始まる子規の俳論『俳諧大要』は、俳句の心得の伝授を請うた華山に応え書かれた。「俳句は文学の一部なり。文学は美術の一部なり」、短く明快な文章は、嵐山が耳で聞いても分かるように意識したからかも。

（明治28年）

11月9日

遠山《とおやま》に日の当《あた》りたる枯野《かれの》かな

高浜虚子

漱石は、高浜虚子の小説集『鶏頭《けいとう》』序文で、小説を余裕派と非余裕派に分類する。非余裕派は、一生を左右する大事件を扱う、切羽詰まった息のふさがる小説。当時主流の自然主義文学だ。対して人生をゆったり見つめる虚子の態度を余裕派と名づけ、それもまた文学だと価値づけた。枯野の遠山に日が当たる。世俗を忘れ、ただ風景を見つめるだけの文学もある。現在、文学史上で漱石は余裕派と称されるが、それは漱石自身のネーミングだった。ちなみに、この遠山、虚子によると「道後のうしろの温泉山」だそう。

（明治33年）

11月10日

## 日あたりや熟柿《じゅくし》の如《ごと》き心地あり

漱石

日当たりのいい縁側でのんびり。だんだん、自分自身が熟れた柿のような心地がしてきた。ユニークな比喩だ。体も心もほぐれ、とろけてゆくよう。子規は、漱石の奇想天外な発想の例として、この句を挙げて評価した。さらに随筆『墨汁一滴』では、風呂好きの人の気持ちを「熱い湯に酔ふて熟柿のやうになつて、ああ善い心持だ」と、漱石の語を借りて表現する。互いの発想や表現に刺激を受けながら、2人は言葉を磨いたのだ。ちなみに、漱石は温泉好き、子規は風呂嫌い。

（明治29年）

11月11日

## 鷲《わし》の子の兎《うさぎ》をつかむ霰《あられ》かな

子規

ある夜、病床の子規は夢を見た。死期が近いので転げ回って苦しむ動物へ、一匹の兎が手を差し出す。動物が兎の手を口に当てて吸うと「煩悶はやんで甚だ愉快げに眠るやうに死んでしまふた」。兎は、死ねず苦しむ他の動物にも、同じように手をのべて…。

これは安楽死の夢だ。痛みに煩悶する子規も、兎の手を夢見たか。目覚めたこの世の現実には、兎も鷲の餌になる。鷲だってまだ子どもだ。生きねばならず死なねばならぬ者たちの苦しみを、厳しく霰が打つ。

（明治31年）

11月12日

11月13日

## 有る程の菊抛《な》げ入れよ棺《かん》の中

漱石

ありったけの菊を投げ入れてくれ、その棺の中に。大切な人の死に湧きあがる感情が「よ」の呼びかけにあふれた。明治43年11月、漱石は入院中の病室で大塚楠緒子《くすおこ》の死を知る。楠緒子は、漱石の大学時代の親友の美学者・大塚保治《やすじ》の妻。才色兼備の彼女に、かつて漱石は恋心を寄せたともいわれ、妻・鏡子に「俺の理想の美人だよ」と話したことも。彼女を悼み、病床で詠んだ句がこれだ。菊の代わりに、十七音の言葉を手向けた。

（明治43年）

11月14日

## 凩《こがらし》や海に夕日を吹き落《おと》す

漱石

凩が吹き落としたように、太陽がみるみる、海へと落ちて沈む。それだけ強い凩なのだ。一瞬の夕日の赤が、妙に目に残る。寓話《ぐうわ》『北風と太陽』のように、風や太陽が擬人化されたことで、冬の日暮れの寂しい光景でありながら、ほのかにおかしみが出た。凩と海の配合は、芭蕉より古い俳人・池西言水《いけにしごんすい》の代表句〈凩の果《はて》はありけり海の音〉にも。枯れゆく荒野を吹き過ぎた凩と、永久に豊穣《ほうじょう》をたたえる海との、無常と永遠の邂逅《かいこう》。

（明治29年）

## 筆禿《ち》びて返り咲くべき花もなし

子規

「返り咲き」が季語。春のように暖かい冬のはじめに、季節外れの桜やツツジが咲く現象だ。かつて記者として従軍する春、〈行かば我筆の花散るところまで〉、筆の花が散り、命尽き果てるところまで私は行くぞ、と気合を詠んでから6年。使い古した筆はもうちびてぼろぼろ、返り花すら咲かない。それでもまだ、私は書くぞ。死の前年、随筆『墨汁一滴』の執筆意図に添えた句。墨の一滴で、書けるだけ書きたい。満身創痍子規の執念。

（明治34年）

11月15日

## 世の中を恨みつくして土の霜

子規

今日は愛媛・宇和島出身の漢詩人・中野逍遥《しょうよう》の忌日だ。子規、漱石と同い年で大学予備門同期だが、27歳で急逝した。「我擲百年命 換君一片情」（『道情』）、私の百年の一生を擲《なげう》っても、君とひとかけらの愛を交わしたい…伝統の漢詩に、青春の憂愁、恋愛の情熱を咲かせた、新時代の作家だった。子規は彼を「多情多恨の人」と惜しむ。ままならぬ世を恨み、熱い詩を遺《のこ》した逍遥は、儚《はかな》い霜と消え、土の下に。子規もまた、逍遥を奪った運命を恨み、霜を睨《にら》む。

（明治28年）

11月16日

## 蜜柑《みかん》を好む故に小春を好むかな

子規

蜜柑が好きだから、小春が好き。暖かくて春みたいな冬のはじめを「小春」と呼ぶ。ちょうど、蜜柑の収穫が始まる頃だ。好きという個人的な感情を「故に」と理論的な言葉でまじめに述べた俳味も魅力。子規は随筆『くだもの』で、果物の好みは十人十色だが「誰れも嫌はぬもので最も普通なものは蜜柑」と考察する。東京での作。蜜柑と小春の暖かさに、故郷・愛媛を思い出したか。小春の日だまりの中で、出始めの蜜柑を剝《む》いて食べる。ああ、至福！

（明治30年）

11月17日

## 水洟《みずばな》や鼻の先だけ暮れ残る

芥川龍之介

光薄れる日暮れの暗がり、鼻水の垂れる鼻先だけがぼーっと浮かぶ。表情は見えない。ぼんやりした水洟を人間存在の本質と見たか。前書きは「自嘲」、俳句による自画像だ。大正4年の今日、龍之介は漱石宅で文学を語る「木曜会」に初めて参加。翌年、無名の彼の小説『鼻』を読んだ漱石は「自然そのままの可笑味《おかしみ》がおっとり出ている」と激賞、「文壇で類のない作家になれます」と励ました。予言は的中。龍之介は漱石を生涯、先生と敬愛した。

（大正14年）

11月18日

11月19日

# ほきとをる下駄《げた》の歯形や霜柱

漱石

朝、下駄を履いて霜柱を踏むと、霜柱は「ほき」とかすかな音を立てて折れ、土にくっきり下駄の歯形が残った。霜柱の質感を、絶妙な擬音で再現した句だ。明治34年、ロンドン在住の日本人の句会「太良坊《たらぼう》運座」での作。太良坊とは、句会を開いた貿易商・渡辺和太郎の俳号だ。漱石が出した題は「柿」「茶の花」など日本的な季語で、詠んだ素材も下駄や仏教など和風のものばかり。同胞の日本人へのサービスか、本当に日本が恋しかったか。

（明治34年）

11月20日

# 瀧《たき》の影空に映れる銀河哉

森田雷死久《らいしきゅう》

夜の瀧の光が空に照り映え、この一面の銀河となったのだ…。瀧と銀河を溶け合わせた壮大な一句。明治42年11月、「海南新聞」の企画「面河探勝」の作だ。雷死久は愛媛県松前町の俳人、俳誌「ホトトギス」の投句から子規門に入り、上京して子規庵の会に参加したことも。子規の遺志を継ぐべく、愛媛俳壇の指導者として活躍した。子規との接点はわずかでも、志を継ぐ人たちがいた。だから子規と私たちが、今こうして繋《つな》がれるのだ。

（明治42年）

# 碧梧桐のわれをいたはる湯《たん》婆《ぽ》哉

子規

河東碧梧桐が私をいたわり、湯たんぽを用意してくれた。ありがとう。同時作に〈小夜《さよ》時雨《しぐれ》上野を虚子の来つゝあらん〉。高浜虚子が、私のために今、子規庵へ向かっている。上野を通過しそろそろ着くはずだが、パラパラと時雨が降り出した。大丈夫かな。郷里の後輩、碧梧桐と虚子は、子規の死まで、病床を離れず看護にあたった。「吾《わが》病める時二子傍《そば》に在れば苦も苦しからず」、子規は句に詠むことで、頼れる2人への感謝を表した。

（明治29年）

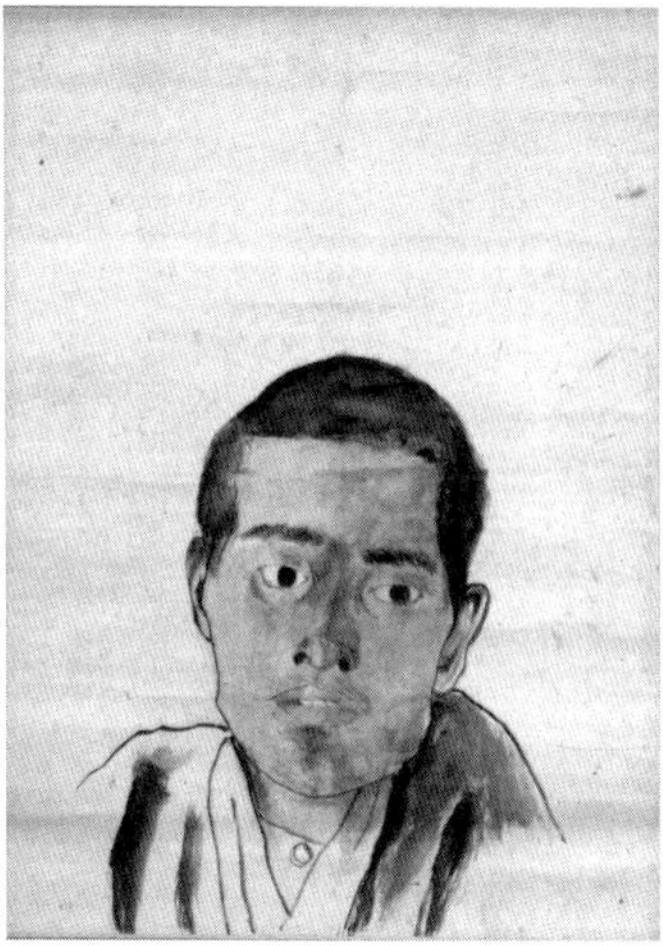

子規画「自画像」。明治33年頃
（松山市立子規記念博物館蔵）

## 文《ぶん》債《さい》に籠《こも》る冬の日短《みじ》かゝり

漱石

11月22日

文債＝引き受けた原稿をこもって書いていると、一日がすぐ暮れる。冬で昼が短いせいか、集中するからか。大正5年の今日、漱石は原稿用紙にうつぶせで苦しんでいるのを発見された。前日の知人の結婚式で、消化に悪いピーナツを食べ、胃潰瘍が悪化したのだ。駆け寄った妻・鏡子に「人間もなんだな、死ぬなんてことは何でもないもんだな」と告げる。机上の原稿は小説『明暗』。まもなく逝く漱石の、未完にして最後の原稿となった。

（明治40年）

## 弁慶に五条の月の寒さ哉

漱石

11月23日

歴史小説ならぬ歴史俳句だ。京都の鴨川にかかる五条の橋は、牛若丸と弁慶が出会った伝説の場所。荒くれ者の弁慶は、道ゆく侍から千本の刀を奪おうと決め、夜な夜な五条の橋で人を襲う。千本目の相手が牛若丸＝源義《よし》経《つね》だ。少年・義経にひらりと負かされ、弁慶は彼の家来となって尽くした。百人力の頑強な弁慶が、橋の上で月を仰ぎつつ寒さに耐える、待ち時間を想像した面白さ。寒月の光が、弁慶の満たされない心を照らし出す。

（明治28年）

11月24日

# 闇《やみ》汁《じる》に麩《ふ》を投げ入《いれ》て月と見ん

下村牛伴《ぎゅうはん》

闇汁とは、内緒で持ち寄った食材を、灯《ひ》を消した闇の中で鍋に入れ、中身不明のまま煮て食べる、スリリングな遊び。私は麩を入れ、月に見立てよう。ふやけた麩が闇汁の混《こん》沌《とん》を深める。牛伴は画家・下村為山の俳号。高浜虚子宅の闇汁会で詠んだ句で、子規の図入りのイベント報告「闇汁図解」も楽しい。子規は豚、河東碧梧桐は柚子《ゆず》、坂本四方太《しほうだ》は里芋《さといも》や蓮根《れんこん》、石井露月《ろげつ》は南瓜《かぼちゃ》…。「わっ餡餅《あんもち》だ、誰だ大福を入れたのは」と碧梧桐が叫び、皆笑う。犯人は虚子。

（明治32年）

11月25日

# 暗がりに雑巾を踏む寒《さむさ》哉

漱石

家の中の暗がりに「ぎゃっ」、ぐにゃりと冷えたものを踏む。雑巾だ。濡《ぬ》れたまま寒い床に放置され、心臓が止まるほど冷たい。犯人は妻か家政婦か…。日常に潜む滑稽をさらりと詠んだ道化的一句。子規は「漱石最もまじめの性質にて学校にありて生徒を率ゐるにも厳格を主として不規律に流るるを許さず」、真の滑稽は真面目な人に宿ると洞察した。真顔で雑巾を踏むから面白いのだ。漱石文学の滑稽は、彼の真面目さの裏打ちによる。

（明治32年）

## 薪《まき》をわるいもうと一人冬《ふゆ》籠《ごもり》

子規

11月26日

寒風の中、家のために妹が薪を割る。私は寒さを避け、室内からただ見ている。働き者の唯一無二の妹・律。母・八重によると、幼い頃は「へぼで弱味噌《よわみそ》」「いぢめられても逃げて戻」る子規をかばい、石を投げて兄の敵討ちをしたという。兄を看取ったのちも子規庵に住み、遺稿を守り続けた。70年の生涯を閉じる最期の言葉は「もう連れて帰ってください」。病院から、子規と暮らした家に戻りたいと願った。律は生前の希望通り、兄の墓の傍《そば》に眠っている。

（明治26年）

## 河豚《ふぐ》汁や死んだ夢見る夜もあり

漱石

11月27日

〈あら何ともなや昨日は過ぎて河豚汁　芭蕉〉、毒で死ぬかもと案じつつ河豚汁をすすったが、翌朝は何ともない、心配して損した…呑気《のんき》な句だ。漱石は、芭蕉が「昨日は過ぎて」とスルーした夜に焦点をあて、河豚汁を食べた夜に死ぬ夢を見ることもあるよなあ、と詠んだ。心配事は夢に出るもの。子規も翌年〈河豚くふて其夜《その》死んだる夢苦し〉と詠む。「其夜」の限定はリアルだが、死の夢を「苦し」とは常識的だ。この河豚勝負、漱石の勝ち。

（明治28年）

11月28日

# 昼の中《うち》は飯《めし》櫃《びつ》包む蒲《ふ》団《とん》哉

漱石

夜は人の体を温める布団も、昼はお役御免かと思いきや、ご飯が冷めぬよう、お櫃を包んでいるとは。日常の知恵だ。本来の用途と違う使われ方をするとき、日常の道具も新鮮な句材となる。熊本の漱石が、松山の村上霽《せい》月《げつ》宛ての手紙に添えた句の一つ。2015年に発見された、全集未収録の句だ。「俳友も殆《ほと》んど皆無の有様悲しく落寞《らくばく》を嘆じ居候」と、松山で共に句座を囲んだ日々を懐かしむ漱石。霽月も熊本来訪時には漱石と会い、交流を続けた。

（明治30年）

11月29日

# 芭蕉忌に参らずひとり柿を喰《く》ふ

子規

芭蕉忌は旧暦10月12日、ちょうど今頃のこと。芭蕉を偲《しの》ぶ俳諧宗匠たちの集会に出ず、一人で柿を食う…不遜ともとれる句だ。子規は、当時の俳壇が神と崇《あが》める芭蕉の句を次々批判し、代わりに埋もれていた蕪村の句の価値を発見した。革命を起こすため、トップを引き降ろし、新たな頂点を示したのだ。柿は、子規の俳句のトレードマーク。生涯で約150もの柿の句を詠んだ。あしはあしの道をゆく。その意思表示が、柿か。

（明治30年）

# 木の葉降るや掃へども水灑《そそ》げども

石井露月《ろげつ》



秋田の俳人・露月は、子規門下の四天王の一人。新聞「日本」記者として子規のそばで散文や俳句を学び、その後郷里で医者となる。子規は河東碧梧桐・高浜虚子に次いで「俳壇に異彩を放ちたる者」と、露月を高く評価した。

木枯らしに吹かれ、次々に木の葉が降る。「子規居士墓前」と前書、師・子規への追悼句だ。墓にかかる葉を払っても、洗うため水をそそいでも、また落ち葉。拭ってもあふれる涙、こらえても湧き上がる悲しみのように、木の葉が降りそそぐ。

（昭和2年）

○陸羯南　くが・かつなん
安政4年10月14日～明治40年9月2日
青森県弘前市生まれ。明治中期の新聞人。日本新聞社の主筆兼社長。子規の叔父・加藤恒忠や原敬、谷干城、小村寿太郎らと親交。子規を日本新聞社に招き、理解し、支援した

# 十二月

仲冬

陸羯南

12月1日

# 新聞で見るや故郷の初しくれ

子規

新聞の隅に、故郷でこの冬初めて降った時雨《しぐれ》の記事を見つけた。離れ住む土地で故郷の名を見るうれしさよ。明治25年の今日、子規は日本新聞社に入社した。初任給はわずか15円。ちなみに漱石の松山での月給は80円。それでも子規は、残る命を文学に懸けるため、新聞という新メディアに飛び込んだ。後に子規は、墓誌銘に「日本新聞社員タリ」と記者としての自負を記し、ご丁寧に「月給四十円」と結んだ。…少しは昇給したようで安心。

（明治25年）

12月2日

# 満州のいくさを語る巨燵《こたつ》哉

陸羯南《くがかつなん》

満州（現中国東北部）での戦争体験を、こたつにあたりながら語り聞かせる。時事を扱う俳句はジャーナリストの羯南らしい。日常の家具・こたつが、戦場の非常を遠く炙《あぶ》り出す。羯南は子規の叔父・加藤拓川《たくせん》の親友。新聞「日本」の創刊者として子規を記者に採用し、子規生涯の文学活動を公私両面で支えた。「これ以上に徳のある人物はいない」とは、子規の感謝の弁。「日本」記者として満州へ従軍した子規も、こたつにあたって戦を語ったか。

（『なじみ集』）

## 12月3日

# 降る雪よ今宵《こよい》ばかりは積れかし

漱石

「かし」は強意の終助詞。降る雪よ、今夜だけは積もっておくれ。願いのわけは『万葉集』の〈降る雪の空に消ぬべく恋うれども逢《あ》うよしなしに月ぞ経《へ》にける　柿本人麻呂〉にあるかも。降る雪が積もらず空に消えてしまうように、君を恋うても逢えなくて月日がたってゆく…。逢えない恋の儚《はかな》さを、雪の儚さに託した相聞歌だ。漱石の句は、題詠「逢恋」の産物。やっと逢える今宵、どうか雪よ、儚く消えずに積もっておくれ。私の恋が消えないように。

（明治28年）

## 12月4日

# 鳶《とび》見えて冬あたゝかやガラス窓

子規

明治32年冬、障子紙で寒さをしのぐのは厳しかろうと、高浜虚子が子規庵の障子をガラス障子に替えた。防寒はもちろん、外がよく見え、日光もさんさん。子規は大いに喜びこの句を詠んだ。「冬あたたか」から、鳶がゆったり飛ぶ穏やかな天候や、ほっこり喜ぶ心が伝わる。「飛んで」ではなく「見えて」だから、病臥《びょうが》の我に鳶が見えることがうれしいのだ。浮き浮きして、室内なのに菅笠《すげがさ》をかぶって、お出かけ気分で原稿を書いたりしちゃう子規さんなのであった。

（明治32年）

12月5日

# 愚《ぐ》陀《だ》仏《ぶつ》は主人《あるじ》の名なり冬籠《ふゆごもり》

漱石

寒い冬を引きこもる主人の名は愚陀仏というのだよ。愚陀仏とは漱石のペンネーム。松山の下宿にも愚陀仏庵と名づけ、子規と同居し、この句を詠んだ。主人とは漱石自身だ。

漱石は、30歳の抱負を述べた子規宛ての手紙を「亦《また》元の杢阿弥《もくあみ》か南無愚陀仏」と自嘲的に締めくくる。南無阿弥陀仏をもじって、南無愚陀仏。極楽往生とも縁のない、ただ愚かな私ですよ…ぐだぐだ、ぶつぶつ。行動派の子規に対する、思考派の漱石らしい。

（明治28年）

12月6日

# 大事がる金魚死にたり枯《かれ》しのぶ

子規

大事にしていた金魚が死んだ。「痛い事も痛いが綺麗《きれい》な事も綺麗ぢや」と痛みに耐え見ほれたあの金魚だ。金魚玉のそばの釣忍《つりしのぶ》も枯れた。夏の季語の金魚や釣忍が、死の冬を迎え、皆に忘れられたさまを子規は見つめる。「悟りといふ事は如何《いか》なる場合にも平気で死ぬる事かと思つて居たのは間違ひで、悟りといふ事は如何なる場合にも平気で生きて居る事」とは、死の3カ月前の子規の言葉。死を目前に平気で生きる。言葉通り、彼は最後まで句を詠み絵を描き、日常を生きた。

（明治35年）

フランスの一輪ざしや冬の薔薇《ばら》　子規

12月7日

「ふらんすへ行きたしと思へども　ふらんすはあまりに遠し」（萩原朔太郎『旅上』）。まだ見ぬ国の名に子規も憧れたろう。ああ、これがフランスの一輪ざしか。見慣れた砥部焼と違うのお。この花瓶は、外交官としてフランスへ行き来した叔父・加藤拓川《たくせん》の贈り物。ほのかに紫のきざすガラス製、〈フランスの人がつくりしビードロの一輪ざしに椿《つばき》ふさはず〉とも詠んだ。日本の椿より、西洋の薔薇が似合うなあ。一輪の薔薇の孤高も冬らしい。

（明治30年）

眠る山眠たき窓の向《むこ》ふ哉　漱石

12月8日

「山眠る」が季語、眠るように静かな冬の山を指す。眠くてうとうとしていると、窓の外にはすでに眠る山が。山よ、お前も眠かったか。「眠る山眠たき窓」の繰り返しが心地よい。

大正5年の今日、漱石はうつらうつらと死を迎えようとしていた。そばには主治医の真鍋嘉一郎《かいちろう》。旧制松山中学で漱石に学んだ、愛媛・西条出身の医師だ。漱石の講義は熱心で正確、夏目式の細かい思考は医学にも役立ったという。漱石という偉大な山が今、眠りにつく。

（大正3年）

## 何となく寒いと我は思ふのみ

漱石

12月9日（漱石忌）

そう聞かれても、私は何となく寒いと思うだけだ。禅問答で「そもさん」＝さあ、この問いにあなたはどう答えるか、と聞かれての返答の俳句。難しいことは分からない。寒いと感じる私がいることだけは確かだ。

今日は漱石忌。多くの家族や門人に囲まれ、大正5年、漱石は49歳で息を引き取った。いまわの際、幼い四女がそばで泣きだす。漱石は目を閉じたまま「いいよいいよ、泣いてもいいよ」と言った。寒い寒い冬の午後のこと。

（明治28年）

## たそがるる菊の白さや遠き人

芥川龍之介

12月10日

龍之介は柩《ひつぎ》の中の師・漱石の顔を見て「これは先生じゃない」という気がした。しかし外へ出ると、急にまた顔が見たくなる。「よく見て来るのを忘れたような心もちがする。そうして、それが取り返しのつかない、ばかな事だったような心もちがする」。戻ろうか迷ったが、とうとうやめにした。途端に、悲しみが込み上げた。漱石の一周忌にささげたのがこの句だ。黄昏《たそがれ》の暗さに浮かぶ菊の白さは、漱石の清廉さ、遠く彼を失った空白の象徴。

（大正6年）

## 花《はな》売《うり》に寒し真珠の耳《みみ》飾《かざり》

漱石

12月11日

花を売る女が、真珠の耳飾りをしている。むきだしの耳元が寒風に吹かれ、とても寒そうだ。でも、冷たく光る真珠の白や、上気して染まる肌の桃色が、とても美しい。ロンドン留学中の漱石が、松山の村上霽月《せいげつ》宛ての手紙にしたためた句だ。もう一句〈三階に独り寝に行く寒《さむさ》かな〉も添えた。下宿での一人暮らしのわびしさ。同じ季語「寒さ」を通して、一句は美を、一句は孤独を詠んだ。霽月なら、美と孤独、双方を理解してくれるはず。

（明治35年）

## 風悲し枯《かれ》野《の》のはての夕煙

野間叟柳《そうりゅう》

12月12日

枯野の果てにたなびく煙。あそこにも人が住むのか。夕暮れの人恋しさよ。「風悲し」の書き出しが大胆だ。風も旅人も、安住を知らぬ悲しみを抱き、枯野をさすらう。

叟柳は松山の俳人。3歳下の子規と幼い頃近所で遊び、後に松《しょう》風《ふう》会《かい》の中心として俳句を学んだ。子規は彼を芋に例え「旨《うま》しといへば旨し」「飽きて捨てらるることもなし」と飾らぬ滋味を言い当てた。帰京の子規へ贈った〈我ひとりのこして行きぬ秋の風〉には、寂しさと、松山の俳句を託された覚悟が潜む。

（『なじみ集』）

## 焼芋《やきいも》をくひ〳〵千鳥きく夜哉

子規

12月13日

夜、焼き芋を食べながら、千鳥が鳴くのを聞いている。和歌では恋の鳥として詠みつがれた伝統的な季語・千鳥を、卑近な焼き芋と取り合わせたのが俳諧流だ。弟子の佐藤紅緑《こうろく》は、子規について「原稿用紙の存するところに必ず焼芋、蜜柑《みかん》、菓子を見る」と証言している。この句の焼き芋もおおよそ、何か書きながら食べているのだ。そういえば、子規は漱石への最後の手紙でも「倫敦《ロンドン》ノ焼芋ノ味ハドンナカ聞キタイ」と書いていたなあ。

（明治25年）

## 病む人の巨燵《こたつ》離れて雪見かな

漱石

12月14日

病人が、寒いのにこたつを離れ、雪を見ている。こたつのぬくもりに安住せず、身を厳しさにさらしても美を求める、風狂の心だ。明治25年、子規は、東京専門学校の講師をつとめる漱石が、不満を持つ生徒らに追い出されそうだという悪いうわさを耳にする。熱心に指導していた漱石は、寝耳に水。「（巨燵から追ひ出《だ》されたる）は御免」と子規へ手紙を書き、辞めさせられるのは嫌だ、自らこたつを離れると、辞める意思をこの句にこめた。結局子規の早とちりで、漱石はやめずに済んだ。

（明治25年）

我が影の崖に落ちけり冬の月

柳原極堂《きょくどう》

12月15日

崖に立つ私の影は、その先へ落ちて途切れている。分身のような影の、崖に落ちた哀れな運命。まるで先行き不透明な己の未来のようで、寒々しい。極堂が子規に俳句を学んだのは約4年間だ。子規は写生の他に読書をすすめた。「漱石を見よ、君と同時に俳句を始めたのだが、彼は読書家だから進歩が大分早いではないか」。漱石をほめる子規。私が極堂なら漱石に少し嫉妬するかも。わしのほうが、昔からのぼさんと仲ええんやけんな。

（『草雲雀』）

いくたびも雪の深さを尋ねけり

子規

12月16日

病床から動けない子規は、雪明かりでほの白く発光する障子を見つめ、何度も何度も「今、どんくらい積もっとる？」と、妹や母に尋ねる。子規はつくづく松山の人だ。たとえば雪どころ・長野の小林一茶は〈これがまあ終《つい》の栖《すみか》か雪五尺〉、150センチも積もる厳しい雪に、人生の諦めを苦々しく詠んだ。一方、温暖な松山では、雪は特別でうれしいもの。子どものように雪を恋う純真に、世界とつながっていたい、子規の切望があふれる。

（明治29年）

12月17日

# 雪ふるよ障子の穴を見てあれば

子規

障子に穴の開く、くたびれた家の佇《たたず》まい。病《びょう》臥《が》の子規は穴の向こうに、降る雪を発見した。「よ」の呼びかけがうれしそう。障子の穴も、世界と私をつなぐ窓となる。みっともない穴の存在を肯定し詩に昇華した。一茶が病床で詠んだという〈うつくしや障子の穴の天の川〉も同じ発想だ。子規は「一茶の特色は、主として滑稽、諷刺《ふうし》、慈愛」と高く評価。障子の穴の小さな天の川をありがたがる滑稽を、子規も受け継いでいる。子規が生まれたのは一茶の死後たった40年。感覚の近さも頷ける。

（明治29年）

12月18日

# 行年《ゆくとし》を故郷人《ふるさとびと》と酌みかはす

子規

友人との忘年会か、飲み屋で同郷人と隣り合ったか。今年も終わりやねえ、ほうよ、ほうよ…方言も共通の話題もうれしい。行く年に来し方を思えば、故郷がしみじみ懐かしい。

明治22年の年の瀬、東京・上野で松山出身者の宴が開かれた。スピーチを求められた学生・子規は「松山人は模倣的人間であり、又批評的人間」と評する。保守的、冷淡と卑下されがちだった気質をプラスに転じたのだ。このプラスへの転換力こそ、子規の生きる力。

（明治25年）

## はじめての鮒屋《ふなや》泊りをしぐれけり

漱石

12月19日

初めて泊まった老舗旅館・鮒屋。部屋からの景色にぱらぱらと時雨が降るのもゆかしい。明治29年、松山・道後にある江戸時代創業の鮒屋（現・ふなや）に宿泊した際の句。別の日、漱石は高浜虚子と鮒屋でビフテキを食べた。虚子は「堅い」「まづい」と思ったが、漱石は全部食べ切る。せっかく田舎の宿屋が西洋料理を作り始めたのだから、客として食べて奨励しなければ。さすが教育者・漱石である。おかげで今のふなやのビフテキは軟らかくておいしいです。

（明治29年）

## ナポレヲン面白そうに雪礫《ゆきつぶて》

作者不詳

12月20日

フランスの革命家・ナポレオンが、楽しげに雪合戦をしている、と想像を広げた。実際、ナポレオンは少年時代、級友たちと雪合戦に興じた逸話がある。雪玉の中に石を詰め、塹壕《ざんごう》と要塞《ようさい》を掘り、部隊を分けての本格的な戦い。リーダーシップを発揮し、見事勝利したとか。

明治29年、子規や下村為山《いざん》ら6人での句会の作。選ばれなかった俳句は作者名を明かさないため、句会稿に残るこの句も、誰が詠んだのか不明だ。もしかして子規かも？

（明治29年）

## 何はなくとこたつ一つを参らせん

子規

何はなくとも、こたつをここへ持ってこよう。さあよく来た、大したもてなしはできないが、まずはこたつへあたってくれ。「漱石来る」と前書き。漱石は正月休み、見合いをかねて松山から帰京し、根岸の子規庵を訪ねた。秋に松山で同居した漱石との数カ月ぶりの再会。〈行く我にとゞまる汝《なれ》に秋二つ〉と詠んで別れたが、今、一つのこたつに一緒にあたる。うれしさに弾む心が「何はなくと」「参らせん」の大げさな口調に表れた。

（明治28年）

12月21日

## 冬《ふゆ》籠《ごも》り今年も無事で罷《まか》りある

漱石

「罷りある」は「おります」という丁寧語。家にこもり寒い冬を耐え、今年も何とか無事でおります。年の瀬の感慨だ。子規はこれを〈冬籠り小猫も無事で罷りある〉と添削した。季節の巡りを詠む俳句において「今年も」は言わでもの蛇足。「小猫」と具体性を付与することで、どんな家のどんな冬籠か、一気に句の世界が輝き出す。寒くて家にいるけれど、私も家族も小猫も元気だよ。漱石が『吾輩ハ猫デアル』を書くずっと前の話。

（明治28年）

12月22日

# 炬《こ》燵《たつ》して或《ある》夜の壁の影法師

鈴木三重吉《みえきち》



夜、こたつでぼんやり、壁に映る己の影を見る。三重吉はその影をなんと紙に写し、東京帝国大で講義を受けた漱石先生へ送った。文章はなく、この句を添えただけ。当時、神経衰弱で広島へ帰郷中の三重吉。漱石は〈只《ただ》寒し封を開《ひら》けば影法師〉と返し、影だけの手紙は寂しい、影でなく君がいてほしい、と俳句で学生を励ました。三重吉はのちに児童誌『赤い鳥』を創刊、従来の教訓めいた児童書とは違う、子どもの純粋さを育む童話や童謡を広めた。同じ漱石門下の芥川龍之介の『蜘蛛の糸』もここから生まれた。

（明治38年）

# 蕪村忌の風呂《ふろ》吹《ふき》くふや四十人

子規



子規は、画家だった与謝蕪村の俳句を再発見し、その絵画性に特徴を見た。〈四五人に月落《おち》かゝるおどり哉〉など、絵のように「極度の客観的美」を持つ蕪村の句に、近代俳句の可能性を感じたのだ。子規は、蕪村の句を門人と読み合う「蕪村句集輪講」を通して蕪村研究を進め、蕪村忌の12月24日には、毎年子規庵で句会を開いた。狭い子規庵に、40人もが集まり、風呂吹きを一切れずつ分け合う。そのささやかなにぎわいを、子規も喜んだ。

（明治32年）

12月25日

# 柊《ひいらぎ》を幸多かれと飾りけり

漱石

柊は魔よけの力を持つとされ、クリスマスリースにも使われる。どうか、幸せがたくさん訪れますように…願いをこめて柊を飾る。ロンドンの漱石が子規へ送った、クリスマスカードの一句だ。病臥《びょうが》の子規にも、幸多かれ。前日に初めて英国のクリスマスを体験した漱石は、その驚きを子規と分かち合いたかったのだ。手紙本文には、本は買いたいけど高い、詳しく手紙を書きたいが時間がない、などと愚痴。ああ、漱石にも、幸多かれ。

（明治33年）

12月26日

# 先生や屋根に書を読む煤払《すすはらい》

漱石

漱石は、自分の関係する問題だけに興味を置くと、世界が一本筋で平面になり窮屈になると考え、視野を広く世の中を見つめる提案をした。「広い世の中に住み方も色々ある。其《その》住み方の色々を随縁臨機《ずいえんりんき》に楽しむのも余裕」。漱石の句には余裕がある、笑みがある。道草、寄り道、呑気《のんき》がある。煤払い＝年末の大掃除から逃げ、屋根の上に避難してまで本を読む先生は、きっと漱石の自画像。屋根の上から見ると、世界は立体に見えるかしら。

（明治29年）

## 12月27日

# 無《む》始《し》無《む》終《しゅう》山茶花《さざんか》たゞに開落《かいらく》す

寒川《さむかわ》鼠骨《そこつ》

「無始無終」は仏教用語。始めも終わりもなく、輪廻《りんね》が無限に続くことを指す。山茶花はただ、花開いては散る。人間も生まれてはいつか死ぬ、その繰り返しなのだ。

鼠骨は松山出身の子規門下の俳人。河東碧梧桐、高浜虚子と、病床の子規を看護した。話し上手で、子規も「病気の介抱は鼠骨一番上手なり。鼠骨と話し居れば不快の時も遂にうかされて一つ笑ふ」と褒める。子規没後は東京・根岸の子規庵や遺稿を守り、顕彰に生涯を尽くした。

（不明）

## 12月28日

# 隣住む貧士《ひんし》に餅を分《わか》ちけり

子規

隣人の貧しい男に、新年を迎える餅を分けてやった。隣住む貧士とは、松山出身の門人・寒川鼠骨《そこつ》。陶淵明《とうえんめい》の詩において貧士は、世に流されず己の道を求めた清廉潔白の士として尊ばれている。鼠骨は、給料のいい「東京朝日」と「日本」、どちらの新聞社に入社すべきか子規に相談。子規は「もっとも少ない報酬でもっとも多く働くほどエライ人ぞな」と諭し、鼠骨は「日本」入社を決めた。そんな彼を、子規は清き貧士と称したのだ。

（明治35年）

12月29日

# 温泉や水滑《なめら》かに去年《こぞ》の垢《あか》

漱石

「や」は前の語を強調するので、上五は「ああ温泉だあ、極楽極楽」という気分。「去年」は新年の季語、年明けに振り返る前年を指す。数時間前までは去年だったんだなあ。この身の昨日の垢も、去年の垢ってわけか。滑らかな湯が、新たな一年へと身を清めてくれる。この句を詠んだ熊本の小天《おあま》温泉は小説『草枕』の舞台。「ふわり、ふわりと魂がくらげのように浮いている。世の中もこんな気になれば楽なものだ」(『草枕』)と入浴を書いた温泉好きの漱石先生。

(明治31年)

小天温泉へと続く「草枕の道」＝熊本市

12月30日

## 漱石が来て虚子が来て大三十日《おおみそか》

子規

明治28年の大みそか、東京・根岸の子規庵では、青磁に梅を活《い》け、漱石を待っていた。〈梅活けし青磁の瓶や大三十日〉〈梅活けて君待つ庵《いお》の大三十日〉。果たして漱石は来た。数カ月前には、松山の愚陀仏庵《ぐだぶつあん》で共同生活をし、濃密な時を過ごしたばかり。後から高浜虚子も来る。にぎやかな大みそかとなった喜びを、子規らしく素直に詠んだ。大陸へ従軍した子規にとっても、松山へ赴任した漱石にとっても、激動の一年だった。積もる話は尽きない。

（明治28年）

12月31日

## 来年はよき句つくらんとぞ思ふ

子規

年末は、今年を振り返り来年への抱負を抱くとき。この一年、私は何を為《な》せたのか。子規も、病気のこと、文学活動のこと、不安は尽きなかったはず。その不安の海に浮かぶ、ひとひらの花びらのような希望が、すくい上げられ句となった。

来年こそはいい俳句を作ろうと思う。俳人としての願いをストレートに詠んだ。句友への手紙に添えた句、「ぞ」の気合に、ともに頑張ろうという励ましが宿る。

うん。私も頑張るよ、子規さん。

（明治30年）

## IdeaかRhetoricか
## 漱石と子規の文学論争

明治22年12月31日の漱石から子規宛の手紙は、文学論だ。Rhetoric＝技巧を重要視し、文章を書きまくる子規に対し、Idea＝思想がなければ意味がない、手習いのように書き散らすのをやめてイデアを育てるべきだと忠言した。22歳の学生同士、冬休み中に交わした手紙だ。自分たちが後に日本の文学と言葉を大きく動かす作家となることを、2人はまだ知らない。

文章の妙は胸中の思想を飾り気なく平たく造作なく直叙スルガ妙味と被存候《ぞんぜられ》。（略）御前少しく手習をやめて余暇を以て読書に力を費し給へよ。御前は病人也。病人に責むるに病人の好まぬことを以てするは苛酷のやうなりといへども手習をして生きてゐても別段馨しきことはなし。knowledgeを得て死ぬ方がましならずや。塵の世にはかなき命ながらへて今日と過ぎ昨日と暮すも人世にhappinessあるがため也。されど十倍のhappinessをすてて十分の一のhappinessを貪り、それにて事足り給ふと思ひ給ふや。しかしこのIdeaを得るより手習するが面白しと御意遊ばさば、それまでなり。一言の御答もなし。ただ一片の赤心を吐露して歳暮年始の礼に代る事しかり。穴賢。

お前この書を読み冷笑しながら「馬鹿な奴だ」といはんかね。とかくお前のcoldnessには恐入りやす。

十二月三十一日　　漱石

子規御前

# 資料

# 子規・漱石 略年譜

| 年（西暦） | 正岡子規 | 夏目漱石 |
|---|---|---|
| | 少年時代 | 少年・学生時代 |
| 慶応3年（1867） | 10月14日（旧暦9月17日）、現在の松山市花園町に生まれる。本名・常規《つねのり》、幼名・升《のぼる》 | 2月9日（旧暦1月5日）、現在の東京都新宿区喜久井町に生まれる。本名・金之助 |
| 明治13年（1880） | 3月、松山中学入学 | |
| 明治16年（1883） | 6月、松山中学を中退し、上京 | 秋ごろ、受験準備のため、神田駿河台の成立学舎に入学 |
| | 東京での学生時代 | |
| 明治17年（1884） | 9月、東京大学予備門（明治19年第一高等中学校に改称）に入学 | 9月、東京大学予備門（明治19年第一高等中学校に改称）に入学 |
| 明治19年（1886） | この頃からベースボールに熱中 | |
| 明治21年（1888） | 7月、東京・向島の桜餅屋に下宿、「七草集」を執筆。第一高等中学校予科卒業<br>9月、常盤会寄宿舎に入る | 7月、第一高等中学校予科を卒業。9月、本科に進学し英文学専攻（当初、建築科志望だったが、米山保三郎の勧めで変更） |

| | 東京での学生時代 | 少年・学生時代 |
|---|---|---|
| 明治22年（1889） | 1月、子規・漱石の交友始まる<br>**「子規」誕生**<br>5月9日夜、寄宿舎で突然喀血、1週間ほど続く。「時鳥」の題で40、50句作り、「子規」の号を使い始めた | 5月13日、子規を見舞い、その夜書いた手紙に2句添える<br>**「漱石」誕生**<br>5月25日、子規「七草集」の評に「漱石」と署名<br>8月、房総旅行（「木屑録《ぼくせつろく》」） |
| 明治23年（1890） | 9月、帝国大学文科大学に入学（子規は哲学科、漱石は英文学科） | |
| 明治24年（1891） | 2月、哲学科から国文学科に転科<br>3月、房総旅行（「かくれみの」）。6月、学年末試験を放棄して木曽旅行に出かける | |
| 明治25年（1892） | 2月、小説「月の都」を執筆<br>6月、新聞「日本」に「獺祭書屋俳話《だっさいしょおくはいわ》」連載、俳句革新に着手 | 5月、東京専門学校講師 |

| | | |
|---|---|---|
| （明治25年） | 7月、子規・漱石は京都に遊ぶ。学年末試験の結果が出て、子規の落第決まる | |
| | 11月、母・八重と妹・律が上京し同居<br>12月、日本新聞社に入社 | 8月、帰郷中の子規を松山に訪ね、この時初めて高浜虚子に出会う |
| | 新聞「日本」記者時代 | 少年・学生時代 |
| 明治26年（1893） | 3月、帝国大学を中退。<br>7月、東北旅行（「はて知らずの記」） | 7月、帝国大学卒業、大学院に進学 |
| 明治27年（1894） | 2月、東京・上根岸82番地に転居（現在の子規庵） | 12月末〜翌年1月、鎌倉・円覚寺に参禅 |
| | | 松山時代 |
| 明治28年（1895） | 4月、日清戦争に記者として従軍、軍医部長の森鷗外と出会う。5月、帰国中の船中で喀血、神戸病院に入院、一時重体となる | 4月、愛媛県尋常中学校（松山中学）に赴任（月給80円） |
| | 8月下旬、子規が療養で帰省し、愚陀仏庵で52日間過ごす | 6月下旬、二番町の下宿・愚陀仏庵に移る |
| | 10月19日、松山・三津を出航。途中、奈良に立ち寄り〈柿くへば鐘が鳴るなり法隆寺〉を詠む。新聞「日本」に俳句論「俳諧大要」連載（〜12月）、海南新聞に転載される | 12月末、東京で貴族院書記官長・中根重一の長女・鏡子と見合い。翌年1月3日、子規庵での初句会に参加 |
| 明治29年（1896） | 3月、脊椎カリエスの診断 | 4月、熊本・第五高等学校に転任（月給100円）。6月、鏡子と結婚 |

| | 「病牀六尺」の時代 | |
|---|---|---|
| 明治30年（1897） | 1月、柳原極堂が松山で「ほとゝぎす」創刊 | 12月末〜翌年1月、玉名市の小天《おあま》温泉へ（小説「草枕」の素材） |
| 明治31年（1898） | 2月、「歌よみに与ふる書」連載（〜3月、「日本」）、短歌革新に乗り出す<br>10月、東京版「ホトトギス」発行（虚子が引き継ぐ） | |
| 明治32年（1899） | 5月、病状悪化、寝返り困難に | 5月、長女・筆子生まれる |
| 明治33年（1900） | 1月、「叙事文」発表（「日本」）、写生文を提唱<br>9月、文章会「山会」を開催 | 6月、英国留学が決まり、8月26日に子規を訪ねる（最後の面会）<br>9月、横浜出航（10月ロンドン着） |
| 明治34年（1901） | 1月、「墨汁一滴」連載（〜7月、「日本」）。7月末ごろから麻痺剤服用始める<br>9月、「仰臥漫録」執筆始める | 4月、子規・虚子に宛てた手紙が「倫敦消息」と題され「ホトトギス」5、6月号に掲載される |
| 明治35年（1902） | 5月、「病牀《びょうしょう》六尺」連載（「日本」）、死の2日前まで続く<br>9月19日没、34歳 | 11月下旬、子規の訃報が虚子から届く。12月ロンドン出発、帰国の途に（翌年1月神戸着） |

熊本時代

英国留学時代

| | | | |
|---|---|---|---|
| 明治36年（1903） | 9月20日、子規庵で、一日くり延べての子規一周忌追悼句会 | 3月、東京・千駄木（通称「猫の家」）に転居<br>4月、第一高等学校・東京帝国大学の講師 | 帝大・一高講師時代 |
| 明治38年（1905） | 4月、田端の大龍寺に、「子規居士之墓」建立 | 1月、「吾輩は猫である」を「ホトトギス」に発表（翌年8月まで断続連載） | |
| 明治39年（1906） | 極堂、伊豫日日新聞を再刊して社長に | 4月、「坊っちゃん」（「ホトトギス」）<br>10月、面会日を木曜午後3時以降に決める（「木曜会」） | |
| 明治40年（1907） | | 4月、教職を辞し朝日新聞社入社<br>9月、早稲田南町（「漱石山房」）に転居 | 職業作家時代 |
| 明治43年（1910） | | 6～7月、胃潰瘍で入院。8月、転地療養先の静岡・修善寺で大吐血し一時危篤（「修善寺の大患」）、10月帰京し翌年2月まで再入院 | |
| 明治44年（1911） | | 2月、博士号を辞退 | |
| 大正3年（1914） | 律、忠三郎を養子とする | | |
| 大正5年（1916） | | 5月、「明暗」連載開始（未完）<br>12月9日没、49歳 | |

# ■掲載句索引■

## 正岡子規

〔あ行〕



〔か行〕

〔さ行〕

## 夏目漱石

## その他

# ■季語索引■

〔あ行〕



〔か行〕

〔さ行〕



〔た行〕

# ■人名索引■

〔あ行〕

## ■その他索引■

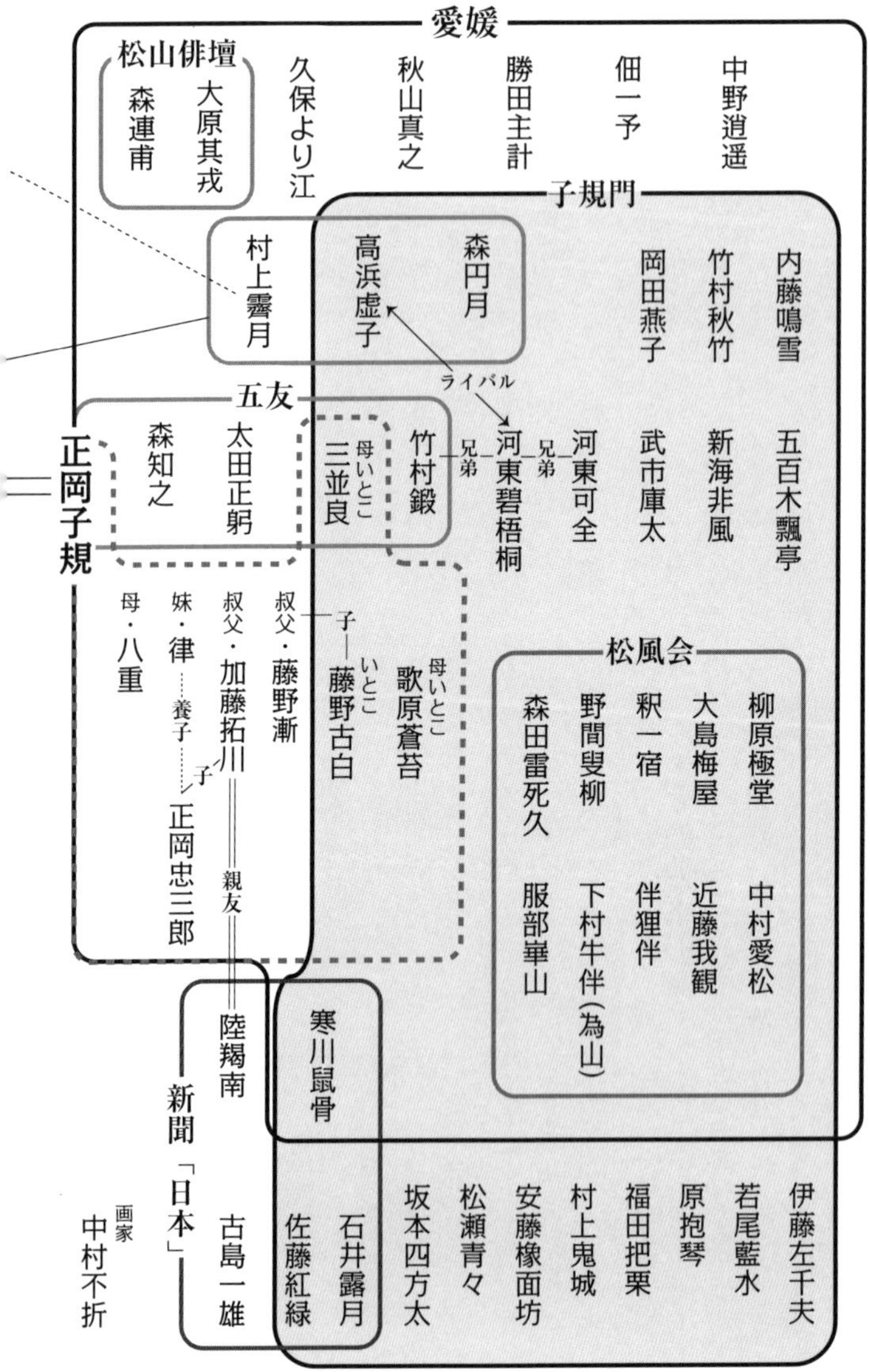

愛媛
松山俳壇
大原其戎
森連甫
久保より江
秋山真之
勝田主計
佃一予
中野逍遥
子規門
森円月
高浜虚子
村上霽月
内藤鳴雪
竹村秋竹
岡田燕子
ライバル
五友
太田正躬
森知之
母いとこ
三並良
竹村鍛
兄弟
河東碧梧桐
兄弟
河東可全
武市庫太
新海非風
五百木飄亭
正岡子規
母・八重
妹・律
養子
叔父・加藤拓川
子
正岡忠三郎
親友
叔父・藤野漸
子
いとこ
藤野古白
母いとこ
歌原蒼苔
松風会
柳原極堂
大島梅屋
釈一宿
野間叟柳
森田雷死久
中村愛松
近藤我観
伴狸伴
下村牛伴(為山)
服部華山
陸羯南
新聞「日本」
寒川鼠骨
古島一雄
画家
中村不折
石井露月
佐藤紅緑
坂本四方太
松瀬青々
安藤橡面坊
村上鬼城
福田把栗
原抱琴
若尾藍水
伊藤左千夫

# 子規・漱石 人物相関図

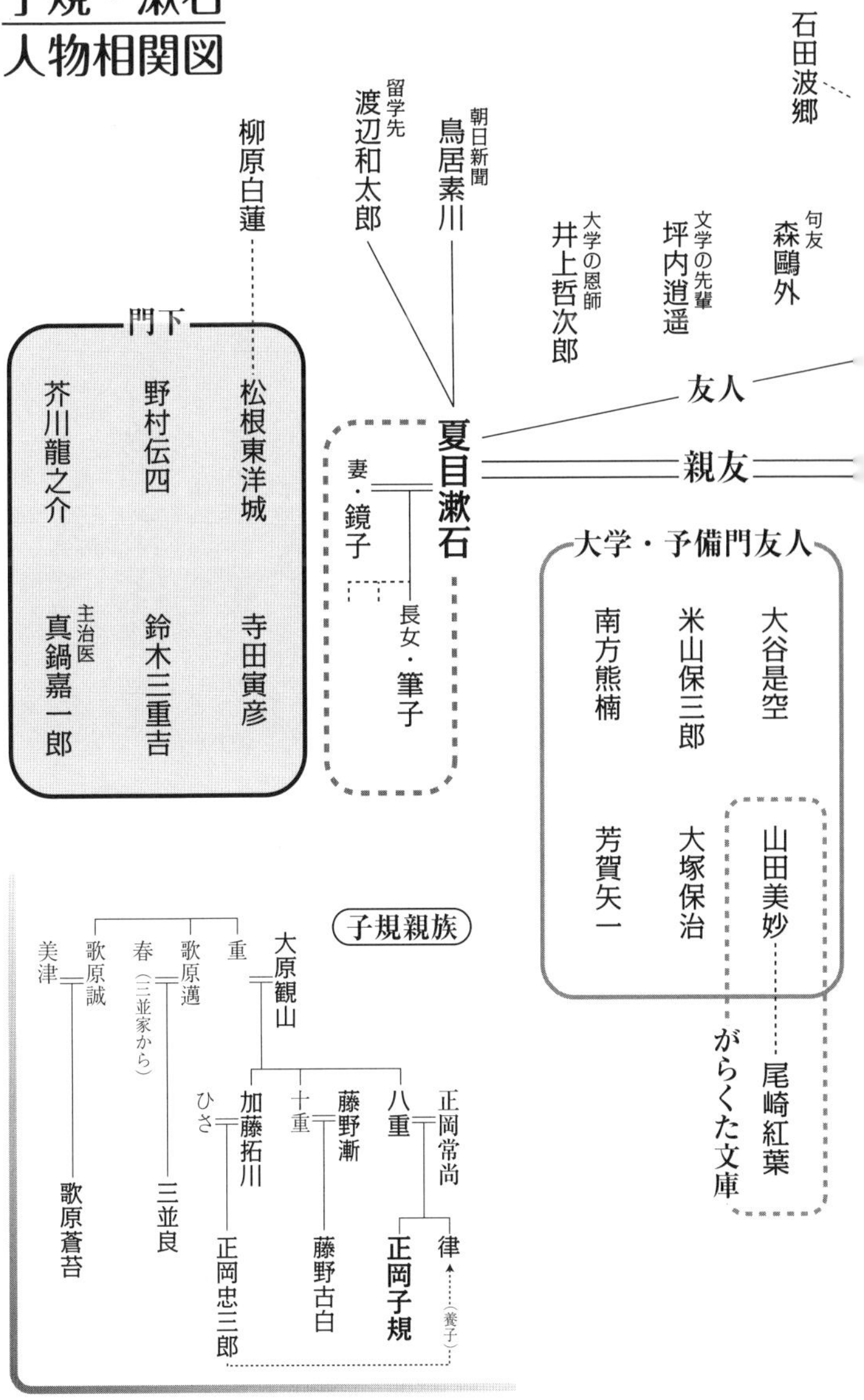
石田波郷
柳原白蓮
留学先
渡辺和太郎
朝日新聞
鳥居素川
大学の恩師
井上哲次郎
文学の先輩
坪内逍遥
句友
森鷗外
友人
親友
夏目漱石
妻・鏡子
長女・筆子
門下
松根東洋城
野村伝四
芥川龍之介
寺田寅彦
鈴木三重吉
主治医
真鍋嘉一郎
大学・予備門友人
大谷是空
米山保三郎
南方熊楠
山田美妙
大塚保治
芳賀矢一
尾崎紅葉
がらくた文庫
子規親族
大原観山
重
歌原邁
春
（三並家から）
歌原誠
美津
加藤拓川
ひさ
十重
藤野漸
八重
正岡常尚
歌原蒼苔
三並良
正岡忠三郎
藤野古白
正岡子規
律
（養子）

# おわりに――余白に耳を澄ませて

漱石が子規を訪れた日には、『子規全集』の年譜に、たいてい「漱石来宅」とのみある。来てすぐ、じゃあね、と帰る訳じゃないから、きっといろいろな話をしたはずだが、その内容は二人しか知らない。どんな話をしたのだろう。何を食べ、どんな空を見ていたのだろう。子規と漱石の遠い笑い声に耳を澄ませながら、「日めくり子規・漱石」を1年間書き継いだ。紙の上の文豪ではなく、生きて語り合っている二人の若者を追いかけたかった。

鯛焼の尻尾かりりと文学論　紗希

子規の句は、分かりやすい内容を分かりやすい言葉でまとめているので、解説が要らない。一方、漱石の句は漢詩などの知識を踏まえるので、解説が長くなる。どちらも1日200字に収めなければならないのには骨が折れた。二人を足して2で割ればちょうどいいのに。でも全然違う二人だからこそ、互いにない部分にひかれあったのだろう。

## 楽観的蜜柑と思索的林檎

紗希

今回の企画のテーマは「子規・漱石とその門人たち」。連載を打診されたときには、正直ひるんだ。何せ、私自身がはじめての育児真っただ中で、まだ0歳の乳飲み子を抱えていた。それに、子規と漱石を二人同時に、さらに周囲の人の句も織り交ぜた年間連載は、初めての挑戦。でも、せっかくの機会だ、やるっきゃない。子どもをもう1人育てるつもりで、連載を引き受けた。

二人と同い年の柳原極堂は、月に1度は句を挙げることにした。さらに1週間に1度のペースで、門人や友人らの句も取り上げた。総勢53人。目を通す資料は山ほど、時間がいくらあっても足りなかったが、俳句を通した彼らとの対話は、とにかく楽しかった。子規と漱石、二人の輪郭を、それぞれの人との関係性の中で、より立体的に感じていただいたならうれしい。

参考にした資料の中でも『なじみ集』は特筆すべき一書だ。存在は知られていたものの現物の確認されていない幻の一書だったが、平成21年に発見され、松山市の子規記念博物館が所蔵、平成24年に翻刻された。子規が自分に「馴染み」のある人物の俳句を選んで筆記したアンソロジーで、約1000人分、4000句以上を収録。子規周辺の人物の俳句の多くは、こちらから選び、解説を試みた。俳人として知られた人だけでなく、幼なじみや仕事の先輩などの句も収められていてほほえましい。もちろん、漱石の句も収録されている。

友人の言葉書きとめ糸瓜棚　　紗希

連載中に、新聞紙上に寄せられた読者の声には大いに励まされた。この場を借りて、深くお礼申し上げたい。そして、送付前の原稿の第一読者として、全ての回に感想をくれた父と母の支えもあった。ありがとう。子規も、八重や律に、こうやって励まされていたのだろうか。

年譜の「漱石来宅」の余白も、一句一句の余白も、私たちが向き合えば、いきいきと語りかけてくる。生誕150年は終わったが、彼らとの対話はこれからも続く。

横顔も頬杖も春待つしぐさ　　紗希

2018年春立つ日に

**神野紗希**

○著者略歴

**神野　紗希**（こうの・さき）

俳人。1983年、愛媛県松山市生まれ。高校時代、俳句甲子園をきっかけに俳句を始める。2002年、第1回芝不器男俳句新人賞坪内稔典奨励賞受賞。NHK-BS「俳句王国」司会、Eテレ「俳句さく咲く！」選者を務める。句集に『星の地図』（マルコボ.com）、『光まみれの蜂』（角川書店）。著書に『30日のドリル式　初心者にやさしい俳句の練習帳』（池田書店）など。明治大学・玉川大学・聖心女子大学講師。東京都在住

---

日めくり子規・漱石
俳句でめぐる365日

2018年3月15日　初版　第1刷発行
2019年2月15日　初版　第2刷発行

著　者　神野　紗希
発行者　土居　英雄
発行所　愛媛新聞社
編　集　愛媛新聞サービスセンター
〒790-0067
松山市大手町一丁目11番地1
電話〈出版〉089-935-2347
〈販売〉089-935-2345
印刷製本　アマノ印刷

---


ISBN978-4-86087-137-6　C0092